都市冒險王 4

激鬥！頭腦集團

勇嶺薰◎著
西炯子◎圖 李慧珍◎譯

目錄

人物介紹

龍王創也

內人的同班同學，成績十分優秀，號稱學校創校以來的第一個天才！身為龍王集團繼承人的他長相俊秀，戴著酒紅色鏡框的眼鏡，給人一種知性的感覺，但個性極度冷淡，在班上總是獨來獨往，是名副其實的獨行俠。

內藤內人

腦袋裡常轉著許多奇怪想法的平凡中學生。他擁有2.0的絕佳視力，但在課業上卻糟糕到不行，因為有個要求超級嚴格的媽媽，只好每天到補習班報到。一次偶然的機會，居然看見在大街上憑空消失的創也，也成為兩人熟識的契機。

崛越隆文

創也與內人同班同學崛越美晴的父親，在日本電視台從事導播的工作。

堀越美晴

內人和創也的同班同學，也是內人偷偷暗戀的對象，可是美晴喜歡的似乎是創也。

神宮寺直人

外表瀟灑倜儻，是栗井榮太集團的一員。

二階堂卓也

龍王創也的保鑣，身穿黑色的西裝，開著一輛黑色的休旅車，是個做事風格很神祕的年輕男子。

鷲尾麗亞

是栗井榮太集團的一員，現實中則是一名小有名氣的美豔女冒險作家。

柳川博行

參與尋找「咆哮口紅」遊戲的參賽者，目前身分是美術大學的學生，擅長料理。

茱莉亞

天才電腦神童，是朱利爾的另外一個分身，也是栗井榮太集團的一員。

朱利爾·華納

天才電腦神童，希望挑戰創也和內人，製作出最厲害的終極ＲＰＧ。

是否開始遊戲？
開啟新遊戲　↓接續上回

請放入《都市冒險王①》與《都市冒險王②》、《都市冒險王③》的資料

是否開始遊戲？
↓開啟新遊戲　接續上回

《都市冒險王④》資料讀取中

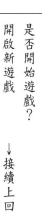

OPENING：序章

我的名字是內人～
你的名字是創也～
兩個人加起來是都市冒險王！
你和我是都市冒險王！❶

「你要做天氣預報嗎？」
正當我心情大好唱起歌，創也卻冷冷地瞪我。
「噢，都已經出到第四本了……我想說應該要有首主題曲。」
創也眼神冰冷的程度漸漸提高。
「隨便你，但我可不想報氣象。」
就不能配合我一下嗎……

好啦，該好好自我介紹一下了——
我的名字叫內藤內人，是個平凡到不行的國中生。
那個眼神陰沉的傢伙叫龍王創也，是我的同班同學。號稱本校創校以來的第一位天才，還是個美型男。戴著酒紅色的鏡框，外型相當搶眼。
你應該聽過龍王這個名字。對！電視廣告常出現：「從傳統產業到數位科技，龍王集團是你生活的好幫手。」就是創也家。

只要聊到這個話題，創也總是說：「龍王集團是我家人在經營，跟我一點關係都沒有。」聽在我這種平民的耳裡，根本就是奢侈的抱怨。

還有啊，頭腦、臉蛋都高人一等的創也，非常受女生歡迎。

如果說我一點都不羨慕創也，那是天大的謊話。

拜託，那些女生眼睛真瞎！創也的確長得帥又聰明，但是他的個性極差！

第一，他嘴巴很壞。雖然本人澄清並沒有惡意，但要是有惡意的話不就……另外，他的眼神很陰險，一有事情不順他的意，馬上用陰沉的眼神瞪我。

噢，真的很討厭耶！——寫到這裡，我感覺到背後一股殺氣……

回頭一看，創也就站在我身後。

「自我介紹最好寫得再客觀且正確一點。」

語氣冷得像乾冰，一點溫度也沒有。

我不理會他，創也仍舊繼續說：「把自己寫成『平凡的國中生』，可真是大錯特錯。」創也伸手指向我：「像你這種能在任何困境中生存下來的無敵逃生專家叫『平凡』，那全日本再也找不到第二個平凡的國中生。」

❶本歌曲是日本某電視台氣象報告的主題歌。

——也把我說得太偉大了吧……

我背對創也，面對鍵盤。

我現在使用的電腦是創也撿來重新整理過的其中一台。機器運轉的聲音迴盪在城堡裡。

啊！我忘了介紹一下「城堡」了。

我們口中的城堡，是龍王集團開發計畫中，一棟被淘汰的舊大樓四樓。創也把撿來的電腦、書、雜誌等放在城堡，只要一下課，就立刻跑來窩在這裡；而我只有不補習或空閒時間才會來城堡。

一進門，創也大多面對著電腦。

「嗨！」

「喔。」

如此短暫打招呼的時間裡，創也幾乎不曾回頭看我。所以，我也就任意地躺在沙發上看書或用電腦寫稿。

興致一來，創也會泡紅茶給我喝。他泡的紅茶非常好喝，換句話說，即使個性不好，也能泡出好喝的紅茶。

我偶爾才會泡，創也只有心情好才會喝我泡的茶。個性好的人，泡出來的茶卻不太好喝。

大多數的時間，我躺著看書，創也弄他的電腦。然後我們邊做自己的事邊品嘗紅茶——這就是在城堡的日常生活。

不過，有時也會捲入麻煩之中。理由很簡單，都是因為創也。

創也的夢想，是成為世界第一的遊戲創作者，為了實現夢想，他日夜努力不懈。我的夢想只是「能當小說家就好了」，所以看到創也有個明確的目標，心裡真是羨慕極了，也想協助他達成願望。

可是……

創也總是冷靜沉著且條理清晰，但他最大的缺點，就是做事橫衝直撞。

他滿腦子只有自己想做的事。說白一點，就是個大笨蛋！這個笨蛋能夠平安活到國二，算他運氣好。

做事不懂三思而後行的創也，還每次都把我拖下水。

唉……（如果每次出發前都能「準備周全」，我也不用那麼辛苦啊……）

到目前為止，我被硬拉去過下水道，還有打烊的百貨公司；為了潛入學校，我甚至爬過排水溝。

嗯，還和一些奇奇怪怪的人打過交道，比方說「傳說中的遊戲創作者——栗井榮太一行人」、「謎樣的集團——頭腦集團」……不管是誰，都不是我想接近的人。可以的話，最好離他們遠一點。

只要繼續和創也做朋友，往後被拖下水的機會還多著呢……

所以我決定，能好好休息時，就徹底休息。

因為，不知何時創也會突然站起來說：「內人，冒險開始囉！」即使創也臉上浮現出惡魔般的笑容，我也能不慌不忙。

「對了，讀者寫信來問問題──」

創也手指夾著一張明信片，說：「內人、創也，感謝你們每次都讓我讀得很開心──可是你們的名字，我卻不怎麼喜歡。」

創也還真注重這些小問題。

「我想問一個問題。書名的『TOMU & SO-YA』❷，我知道SO-YA指的是創也（SO-YA為創也的日文發音），但TOMU我就不懂了，是指內人嗎？還是會出現新的角色？──以上就是我的疑問。」

「由我來說明吧！創也，幫我準備黑板。」

嗯，解謎的時候，還是用創也的口氣說話比較適合。

「……」

創也默默地將黑板拉過來，臉上的表情似乎想說些什麼。

我手上拿粉筆，在黑板上寫字。

❷本作品原文書名為《都會的TOMU & SO-YA（都会のトム&ソーヤ）》。原書名靈感來自《湯姆歷險記》，原名《The Adventure of Tom Sawyer》，日文譯為《トム・ソーヤーの冒険》。

「内人」
NAI
TO
沒有
TO
"TO"
無
TOMU

「『內人』的『內』，發音為『NAI』。所以，『內人』即為『NAITO』，就是沒有『TO』（日文中『NAI』意即沒有）。所以，『〝TO〞、〝無〞』（『無』的日文發音為MU）——這就是『TOMU』的由來。」

「喔！」

創也為我鼓掌。

「這個解釋不錯喔！是作者自己想的嗎？」

我哪有那麼厲害！我搖搖右手回答：「聰明的讀者想到、在BBS板上留言的。日本地大物博，還有許多優秀的人才，能想到作者想不到的好主意。」

「這是因為作者的腦袋不——」

我像風一樣迅速來到創也背後，摀住他的嘴巴，說：「不可以再說下去了，這是最高機密。」

因為創也沒有反抗，我才將手拿開。

創也拿著下一張明信片。

「內人豐富的生存知識，總是讓我很驚訝——怎麼感覺你的明信片比較多。」

創也果然還在注重小問題。我點頭示意創也繼續往下念。

「有一件事想請教，內人的奶奶有沒有機會出場？——嗯，這一點我也很關心，我超想見見你奶奶。」

創也說完，我笑笑地回答：「這是最高機密——要不要念下一張？」

創也嘆了一口氣說：「這樣好嗎？隨便糊弄過去……」創也一臉憂心地拿起下一張明信片，「這次是跟卓也有關。卓也當得成保母嗎？——這由我來回答。絕對不可能！」

創也說得十分肯定。我被他的回答嚇一跳。

「你這麼確定啊？」

「難道你認為那個卓也當得成保母嗎？」創也反問。

二階堂卓也——監視創也一舉一動的保鑣。興趣是閱讀工作資訊報，夢想成為深受小朋友喜愛的保母。

我想了一下。的確，很難想像卓也成為保母，滿面笑容與小朋友玩樂的情景——喔，不，是根本無法想像。（穿著軍服手拿機關槍的模樣，倒是容易想像多了……）

「跟卓也有關的還有這個問題。卓也的上司——黑川經理，學生時代是不是住在今川宿舍？——奇怪的問題……」

創也用「你能回答出來嗎？」的眼神看著我。

我搖搖頭，問他：「沒有人問和你有關的問題嗎？」

創也又翻了幾張明信片說：「很少。只有人說很擔心我未老先衰；還有，創也的個性應該要更冷靜不是嗎？大概只有這些問題。」

「唉，他們都錯了。創也愚蠢的程度，超乎讀者所想像。」

「……在本人面前你也說得出口啊？」

「近墨者黑，我也感染到你的毒舌啦。」

創也站起來。我也跟著站起來。

短暫無言地互瞪後。

「哼！」

我們同時背向對方。

許多問題都解決了嗎？

問題似乎愈來愈深，但是讀了之後的故事應該就能得到解答。（如果沒有解答，本人不負任何責任。）

那麼，我們就來開啟冒險的大門吧！

Are you ready？

第一幕

THE GREAT ESCAPE
大逃亡

恰——恰——恰恰〜鏘鏘！
鏘鏘〜恰啦啦啦啦！
恰〜恰〜恰啦啦啦啦！

本故事獻給所有為馬拉松大賽所苦的學生

鏘鏘！恰啦——鏘鏘蹡！
恰恰——恰〜恰——恰恰恰！
鏘鏘！❸

第一場　電影兄弟之託

第四節課下課鐘響起。

英文老師走出教室的同時，我立刻從抽屜拿出便當。課本和筆記本早已被我收拾得清潔溜溜。

小心翼翼地攤開包便當的報紙，打開便當蓋。報紙是一個禮拜之前的體育版。一邊吃便當一邊看舊報紙，是我僅有的娛樂之一。

Q：為什麼內人動作要如此神速？

A：為了爭取更多午睡時間。

便當裡裝著滿滿的飯，沒有配菜。我把飯分成兩半，另一半放在便當蓋上。接著從口袋拿出一袋海苔口味的茶泡飯調味包，準備撒在分成兩半的飯上。

再來就難了……

茶泡飯調味包裡，米果和海苔會集中在上面，鹽會聚集在底下。為了讓兩碗茶泡飯一樣鹹，我慎重地將調味包傾斜著倒出。此刻我彷彿化身為剪斷最後一條電線的炸彈處理專家。

❸電影「第三集中營」（又名「大逃亡」）的主題曲前奏。

……成功！

看著平均分成兩半的飯和海苔茶泡飯，我忍住不讓臉上的笑容太過明顯。

接下來就剩倒茶而已。

我踩著輕快的腳步，走到老師桌上拿茶壺。

嗯……為什麼我要把吃便當這一幕寫得如此詳細呢？

因為要讓大家知道，此刻我有多幸福。茶泡飯做得非常成功！照這情形看來，剩餘的時間我可以悠閒地睡個午覺，太棒囉！

此時我就像太陽下的貓咪，覺得世界和平，幸福到極點。

不過，和平的時間並不會一直延續下去。翻閱世界歷史，你就會明白。和平不過是戰爭與戰爭之間，極短暫的時間……

當然，我並沒有一邊吃便當，一邊想這些讓我消化不良的事。我小心捧著便當，一口接一口把茶泡飯往嘴裡送。

幕井涼太他們坐我前面，把三張桌子併在一起吃便當。

已經看膩舊報紙的我，不經意聽到涼太他們的對話：「但是，時間太長……」

金田龍二咬著香腸說：「三個月，放學後及假日都犧牲掉了。」

「我成績退步太多，被罵得很慘。」

接著說這句話的是中山明。阿明最近的確常常在課堂上發呆。

「就這點來說，我的成績倒是沒有退步。」龍二挺起胸膛說。

這傢伙，該說他是聰明還是笨呢？

龍二身材壯碩、個性粗暴，喜歡到處找人單挑；阿明戴著圓眼鏡，講話輕聲細語，是個宅男；還有臉上總是笑咪咪，感覺永遠少根筋的涼太。

外型、個性天差地遠的三個人，唯一的共通點是喜歡電影。

「總有一天，我們要拍出全世界人都喜歡的喜劇電影！」這是他們的口號，前陣子還常拿著八厘米攝影機四處拍攝。

有次他們放學之後留下來拍攝，當時他們給我看過八厘米攝影機，果然是我完全不了解的機器。因為普通ＤＶ攝影機的話，隨隨便便都能拍個一小時以上，而八厘米攝影機只能拍三分鐘，而且還不能像ＤＶ攝影機一樣，不喜歡的照片也刪不掉。三分鐘拍攝完畢，就要拿到照相館洗出來，這又是一筆花費。另外，如果要錄音，底片還要貼上磁帶才可以。

他們三人就是使用這種麻煩的八厘米攝影機拍電影。

「這次分景劇本我也是用心良苦耶！不像之前的影片，只顧悶著頭猛拍。」

自信滿滿的龍二，負責電影的拍攝工作。

「龍二，自吹自擂這句話你學過吧？」阿明冷冷地說。

但龍二毫不在意，繼續說：「驕傲也沒什麼不可以吧！你也為了錄製聲音花了不少心思不是

嗎？半夜到公園去錄腳步聲，還差點被抓去警局輔導。」

「我可是拚命地逃跑耶。」阿明笑著說。

「不過，辛苦很快就有回報了。依我看，這次《ＰＵＡ》的冠軍一定是我們。」

《ＰＵＡ》是我們居住地的地方雜誌。我雖然沒看過，不過這本雜誌會紅的原因就是會舉辦一年一度的「自主拍攝電影大賽」。參賽者不限年齡、經歷，只要拍得好就會得獎，而且這個比賽還造就了許多優秀的電影人。

對喔！我想到街上到處貼著比賽的海報上寫著截止日期是今天。

「昨天接到涼太打來說要重新剪接影片，真的嚇到我了啦。」

「涼太對剪接很執著啊。截止時間是今天下午兩點，雖然還有一點時間，但我還是滿擔心的。」阿明說。

「不過，你有剪接出什麼成果嗎？」

被龍二一問，始終保持沉默的涼太微微一笑。

聽到這裡，看來他們應該趕上截止時間了，好險好險。

涼太得意地挺起胸膛說：「雖然有點臭屁，不過剪接得十分完美。你們看——」

他拿出裝影片的塑膠盒。

此刻空氣瞬間凝結。

「為什麼剪接好的影片還在你手上？」龍二一臉不可置信地問。

「啥？」涼太也一臉狐疑，似乎不明白龍二在問什麼。他看了看影片盒，又望著龍二和阿明。然後，「咦……？」涼太歪著頭。

「咦什麼啊你?!」

龍二用力拍了桌子一下。全班頓時看著他們。

「你不是應該在今天早上就把影片交到『ＰＵＡ』嗎?!」

龍二揪住涼太的領口。

「嗯……本來是這樣打算沒錯，但我想讓你們看看剪接的成果嘛！」涼太天真地回答。

阿明搔搔頭說：「怎麼辦……截止時間是下午兩點耶！一定要送過去才行啊！」

「……那放學後趕快送去。」涼太說。

阿明聽了立刻用腋下夾住涼太的頭。「放學後已經超過兩點啦！」

龍二站起來，瞇起眼睛銳利地看著教室的時鐘說：「我去拜託古賀仙，讓我現在去交影片。」

古賀仙是我們班導——古賀老師。他三十歲左右，是個數學老師，很能理解學生的心情，所以深受大家愛戴。

去拜託古賀仙的話，龍二他們也會安心不少吧……

我吃完飯，用報紙包好便當。嗯，接下來是午睡時間。

選了靠窗曬得到太陽的位置，把制服當被子，閉上眼睛。下午有全學年的馬拉松大賽，希望可

以的話多保存一點體力。

我開始在腦中數羊。

當第三十隻羊俐落地越過柵欄，教室門突然被用力地打開。（被那聲音嚇一跳，第三十一隻羊的腳被柵欄絆倒。）

原來是龍二回教室的聲音。他的表情很可怕，臉上彷彿寫著生人勿近。

他踏著大步回到座位，從涼太手中奪過影片盒。

「——古賀仙答應了嗎？」阿明問。

「……古賀仙說可以。」龍二說完，狠狠踢了椅子。發出的聲響，讓女生嚇得縮了縮脖子。

（我腦中的羊衝破柵欄。）

「可是，我跟古賀仙講話的時候，胖田在旁邊說風涼話。」

大概是想到剛剛的情景，龍二握緊拳頭。

胖田是個四十歲左右的體育老師。本名細田，但沒有人那樣叫他。

為什麼給他取這種綽號，因為他的體型根本不像個體育老師。胖胖的身材，加上本壘板臉，簡直就像童話裡的胖王子。

「我以前可是很瘦的。」

胖田雖然這麼說，但我們都無法想像。

而且，學生都不喜歡胖田。

每次體育課不是長跑，就是搞什麼特別訓練，這都還在可以忍受的範圍（畢竟我奶奶以前更嚴厲）。

他最討厭的地方，就是完全不相信學生說的話。即使身體不舒服想在旁邊休息，胖田就會認為你想蹺課。胖田大概覺得，學生討厭上他的課，所以才不相信學生說的話吧。

「胖田說了什麼？」阿明問。

龍二的眼神變得銳利，說：「他說，你們對電影那無聊的東西還真熱中。」

聽到這句話，連一向溫和不生氣的涼太，表情都扭曲了。

「他還說，藉口去交影片，其實想蹺掉下午的學年馬拉松大賽吧？不管我怎麼解釋，說只是單純去交影片，他也不相信。」

「胖田這傢伙……」阿明嘆口氣說。

「既然說了也沒用的話，我豁出去啦！」

「豁出去……什麼意思？」涼太戒慎恐懼地問。

「我要蹺課！」

話才說完，龍二立刻要奪門而出。

「等、等一下！」阿明拉住龍二的袖子。

「要去的話，也應該我去。」

涼太也開口，站在龍二面前伸手阻止他。

這時，龍二若有所思地笑說：「搞錯了吧？到時候被罵到臭頭的角色，應該由我來扮演。」

身材壯碩的龍二，吞沒了嬌小的涼太。

阿明在龍二身後緊抓不放，說：「我叫你等一下！」

「閉嘴！」龍二甩開阿明企圖阻止他的手。

一股險惡的氣氛在教室流竄。

就在暴動即將展開的那一刻，有個搞不清楚狀況的聲音出現。

「安靜一點。你難道沒聽到，現在正播放莫札特交響曲的第十四樂章嗎？」

會說這種火上加油的話，就我所知只有一個——創也。（而且，會認真聽學校午間廣播的人，也只有他。）

創也攤開畫有玫瑰的桌墊，將一盒三明治放上去。

正要走出教室的龍二，轉身來到創也的位子。

「創也，你剛說什麼？」

「你們說要拍電影，應該提高對音樂的敏銳度。這麼美妙的旋律卻充耳不聞，反而大吼大叫，我實在不能理解。」

創也繼續加油添醋。一察覺事情不妙，我想攔住龍二，只可惜龍二快我一步，早已握緊拳頭——來不及了！創也若無其事地從保溫瓶中倒出一杯伯爵茶。

當龍二掄起拳頭，創也正好放下杯子，說：「你們如果肯安靜，我就幫你們。」

聽到這句話，龍二的手停在空中。

「只要我出手，龍二不僅不用蹺課，影片也能平安無事送達——怎麼樣？」

「真的可以嗎？」

創也點頭。

試圖阻止龍二的涼太和阿明，眼中出現光彩。

龍二放下拳頭。

「成交。」

創也微微笑。

唉……龍二他們都不知道……創也現在的笑容，我看過無數次。這笑容，就像小朋友發現新玩具時，開懷地笑一樣。我不知被那天使般的笑容騙過幾次：在下水道野餐、打烊後百貨公司的捉迷藏、晚上偷偷潛入學校……啊啊！實在不願意回想！

不了解事情真相的龍二，天真地問：「可是，你為什麼要幫我們？」

創也聳聳肩說：「看來你好像欠缺理解能力。我剛不是說，想安靜地聽學校廣播嗎？」

龍二無奈地搔搔頭說：「你如果改掉嘴賤的習慣，應該會交到更多朋友吧。」

錯！龍二你錯了！創也除了嘴賤，其他要改進的地方多著呢……

創也整理好桌子，站了起來，說：「我們到『祕密基地』去談吧。」創也對著龍二他們說。

可是……為什麼創也拍的是我的肩膀呢？

第二場　祕密基地

關於祕密基地，我稍微介紹一下。

我想不管哪裡的體育館，舞台下方都設置一個空間，就是用來收納帆布和摺疊鐵椅的地方。空間裡有六台滑動式的手推車，最左邊的手推車就是祕密基地。

不能在班上公開討論的事情，就會來這裡說。

體育館入口有個黑板。今天的日期下沒有任何記號。如果用黃色粉筆寫著「H」，表示有人正在使用祕密基地。

體育館內有三對三鬥牛賽，也有人打桌球，合唱團和輕音樂隊在舞台上練習。這麼多不同的聲音夾雜在一起還練得下去，我相當佩服。

創也對著舞台上的同學說：「二年五班要使用祕密基地。」

接著將推車拉出來。推車的前方堆積著摺疊鐵椅。裡面——也就是我們可以待的空間——大約四張榻榻米大。

我們拉著舞台下方的鐵架，將手推車往舞台下方黑暗處推。

所以，此刻我們人在祕密基地。為什麼我也在這裡？其實我自己也不知道。雖然想問創也，又怕被他嘲笑，只好作罷。

創也伸手點亮天花板——也就是舞台地板背面的電燈。

光暈包圍著龍二、阿明、涼太三人，還有我和創也。

「時間不多，我簡略說一下。」創也扶正眼鏡，看看我們說：「簡單說，就是從下午的馬拉松大賽中途偷跑，然後送底片到『ＰＵＡ』。」

……果然。

剛剛看到創也的笑容，我就知道。臉上的表情告訴我，他絕對在想些危險的事……

「跟我想的一樣。」龍二開心地說。

一旁的阿明問：「創也既然都開口，是不是有什麼不讓老師生氣的好方法？」

創也點頭，說：「我們可以偷跑但不讓胖田發覺。我現在來說明整個計畫。」

創也攤開他手上的紙，中央畫著我們學校的地圖。

「男生的路線全長十公里，途中有三個老師監視，胖田會騎腳踏車在後面追趕。女生出發二十分鐘後，男生才能出發。」

創也修長的手指在地圖上移動，最後停在公車站的位置。

「在起跑點約五百公尺處，搭往車站方向的公車。『ＰＵＡ』的辦公大樓在車站前沒錯吧？」創也問，涼太點頭。

「影片交到『ＰＵＡ』後，搭公車到橋前的公車站。從時間上來看，跑者這時應該過橋接近中點了。從公車站抄近路到中點處與跑者會合。」

「不用特地跑到中點，直接朝終點前進不也可以嗎？」阿明插嘴道。

創也搖搖頭說：「不行。你難道忘記在中點會發通過證嗎？」

我也忘了……

「中點處的老師掌握馬拉松大賽的參加人數。最後一段追趕的胖田，只要發覺通行證的數量和參加人數不符合的話……」創也說到這兒便停住。

沉默了一會兒，龍二說：「老師會發現有人脫逃。」

龍二嚴肅的語氣，讓祕密基地的空氣也凝結起來。

「不過，創也真行。如此短的時間內，就想好全盤的計畫。」

涼太的讚美，讓創也相當得意。（單純的傢伙。）

「我有個問題。」涼太說。

「你知道發車時間嗎？」

突然間，空氣又再次凝重。不懂得「準備周全」這句話的創也，當然答不出來。

「創也竟然連最基本的細節都忘記，很難得喔。」阿明說。

他一點都不了解創也。連最基本的細節都會忘記，才是創也的本性。

一定滿腦子只想著馬拉松大賽中途偷跑的事，才會沒注意到小細節。

這時，頭上傳來微微的合唱團歌聲，跟以往有些不同。

「吧嚕吧嚕吧嚕吧嚕吧嚕……」

他們的歌聲聽起來像念經。這是通知有訪客到祕密基地的暗號。

過了一會兒手推車開始移動。我們和推車被拖上明亮的體育館。

站在我們面前的是短髮、戴著紅色鏡框眼鏡，人稱文藝社才女的真田，只有她能夠和創也站在對等的地位辯論，班上同學也要讓她三分。

而且，真田竟然一個人就拖動載著我們幾個男生和大量摺疊鐵椅的推車……她纖細的手臂，哪來那麼大的力氣？

「嗯……有什麼事嗎，真田小姐？」龍二戰戰兢兢地問。

才女真田丟了一團紙在我們面前，說：「我料到會有這種狀況，早就事先準備好了。」

真田小姐雙手環胸看著我們。她丟的那張紙上寫滿密密麻麻的數字，上頭寫著公車所屬的公司名稱。

「這是……？」
創也一臉疑惑地看著那張紙。
才女真田淡淡地說：「你只要看這張，就知道每一站公車的運行時間。」
剛才她說「我料到會有這種狀況」所以先準備起來……她平常到底都在想些什麼？
坐在推車上的我們還沒反應過來，才女真田又使勁一推……我們又重新回到黑暗中。
「嗯，先不管過程。總之，對我們而言必要的情報都準備齊全了。」創也說：「剩下就是角色分配。」首先，創也的手指向龍二，說：「龍二，我們之中你跑最快。」
「嗯。」
「不好意思，這次你儘可能慢慢跑，引開胖田的注意。然後，阿明——」創也的視線轉到阿明身上。「你要跑快一點，可以的話最好當帶頭的幾個。對你來說也許很辛苦，不過最前面和最後的人差愈遠，會合時就愈輕鬆。接著是涼太——」
涼太興奮地聽自己的分工。
「你就表現出一副很想去交影片的樣子，藉此來分散老師們的注意。」
創也話才說完，龍二就歪著頭，問：「等一下，創也。不是我去交影片嗎？」
創也深深嘆一口氣說：「請不要說這種傻話。中午發生的事，一定會讓胖田特別注意你的舉動。你只要有些風吹草動，立刻出局。」
「那是誰去交？」

被這麼一問，創也不懷好意地笑了。

此刻我腦中的警報裝置開始嗶嗶作響。

不妙……雖然不知為什麼，就是覺得不妙……

創也開口說：「龍二，你是誘餌。實際去交影片的……」創也伸出手指，開始列舉幾個條件：「第一，和你們的電影製作沒有關係的人，而且愈不顯眼愈好。這個人必須是各方面表現都普普，沒有任何特徵的平凡男生，但同時又擁有應付所有突發狀況能力的人……」

創也在講什麼鬼話？那樣的傢伙要去哪找？

這時，創也拍拍我的肩膀。警報裝置「碰！」一聲，爆炸了。

「內人，我很期待你的表現喔！」

創也又露出魔鬼般的笑容，而我是隻被蛇盯上的青蛙。

創也還給我哼起歌來，我下意識地把歌詞填上。「如果我有仙女棒，變大變小變漂亮（哆啦A夢主題曲）」……我可沒有四次元口袋……

創也不理會我，自顧自地說：「放心吧，我不會讓你一個人面對危險。我也一起去。」

聽到這句話，我腦中連備用的警報裝置也爆了。

「……」

我一句話也說不出口。

此時織田信長出現在我腦海，溫和地對我說：「人的一生中都背負著重擔，任重而道遠。」

然而，創也隨後諷刺地一笑，說：「說這句話的不是信長，而是德川家康。」

不要隨便偷窺別人的思想！

我正想發發牢騷時，合唱團突然停止唱〈噢！布烈奈莉〉，改唱〈多娜多娜〉。❹

是戒備警報！阿明立刻關掉電燈。黑暗中，我們屏息以待。

樓上傳來老師的聲音：「喂，午休時間要結束，東西整理整理。」

接著聽到同學們大聲說：「好！」合唱團又再度唱起〈噢！布烈奈莉〉。

我們鬆了一口氣，警報解除。感謝合唱團通風報信。

「還有什麼問題嗎？」創也看看我們。

除了我以外，其他人都因為興奮，臉頰紅通通的。

「那就這麼決定啦！」

龍二緊握的拳頭往手心一打。

第三場　豔陽下的跑者

一學年總共七個班級的學生，分成男女兩隊在操場上集合。女生做完暖身操站在起跑線上，槍聲響起，便同時跑了出去。

在後面追趕的女子體育老師——松浦老師騎著腳踏車尾隨。她四十歲左右，騎著淑女車，感覺就像正要去買菜的主婦。

操場上只剩男生。我們也做暖身操，柔軟筋骨。

我將運動服捲起來，檢查圍在肚子上的毛巾。肚子跟毛巾之間夾著裝入影片的塑膠盒。

做體操的同時，我一邊留意校舍的時鐘。往車站方向的公車，還有十四分鐘就要發車了。再不快點起跑，會趕不上公車……

「不用太擔心。」創也老神在在地拍拍我的肩說。拿掉眼鏡的創也，躍躍欲試。「再過八分鐘，輪到我們起跑。跑到公車站牌只要三分二十秒。不會搭不上公車。」

創也根據以往跑步的經驗來計算。

❹〈Vreneli〉、〈Dona Dona〉，兩首都是大家耳熟能詳，傳唱世界各地的民謠。〈噢！布烈奈莉〉來自瑞士，而〈多娜多娜〉則是一首以色列民謠。

「你算得準嗎？」

對於我的疑問，創也十分不悅，說：「到現在為止，哪一次我算錯了？」

還不是因為你的計畫始終都錯誤連篇，我才會這樣問啊！

我總是很苦命地必須配合少根筋的創也。創也，你可知道我有多辛苦?!

這時，我腦中又出現織田信長和德川家康。

「人的一生中都背負著重擔……」

是是是，我知道啦……我推推他們兩人的背，將他們請出我的腦袋。

「阿基里斯腱❺要好好伸展！」胖田大聲對我們吼。

說完，他一臉諷刺地走近龍二、涼太和阿明。

「怎麼？你們這幾個！要參加馬拉松大賽嗎？不是要去交影片嗎？」

「……」

三個人斜眼瞪著胖田。

胖田繼續說：「還是打算跑到一半開溜去交影片？」

「才沒有那麼想。」龍二聳聳肩，挑釁地說：「要不然讓你檢查，看我有沒有帶影片在身上？」

「嗯，算了。」胖田指著他們三個說：「反正我會緊盯著你們！」

說完，胖田牽著腳踏車來到起跑線。

龍二來到我們旁邊。視線並不與我們交會。

「創也、內人，我們已經按照計畫讓胖田盯上了，接下來就拜託你們。」

「包在我們身上。」

創也強而有力地回答。我在一旁曖昧地微笑。

「各就各位——」

胖田跨上腳踏車，舉起手槍。

槍聲響起，我們一起往前跑。

出了校門，直直向北跑。到處是昨晚下雨留下的水坑，幸好還不至於妨礙跑步。

「內人，可以不用跑那麼快。」

創也在我背後說，但他的速度也不自覺加快。

「今天跑得特別快喔。」田徑隊的三郎跑到我旁邊說。

三郎是短跑選手，真不愧是田徑隊，長跑也難不倒他。

❺指腳踝部分。

「對啊，有很多原因啦。」我快速回答，不讓呼吸節奏紊亂。

「有什麼事我可以幫忙，別客氣儘管說啊。」

為了要交影片，我和創也會在馬拉松大賽途中偷跑。一說出來全班都知道了，這樣好嗎……三郎很熱心，但我沒有時間回答他。懷著感謝的心情，我對他豎起大拇指。

離公車站愈來愈近了。回頭一看，創也依然緊緊跟隨。隊伍的尾巴還在對面轉角，所以目前看不到胖田的身影。

公車站附近有間蔬菜店，旁邊擺了堆積如山的紙箱。我原本往前跑，突然改變路線往旁邊一跳，隱身在那堆紙箱當中。

接著創也跟了過來。如果跟我一樣安靜地躲起來那就算了，誰知他笨手笨腳，跳進來的時候還弄出一陣聲響。

我們躲在紙箱中，大氣都不敢喘。

腳步聲一一經過。

「嘰嘰——」最後是沒上油的腳踏車聲。

……走了嗎？

我用唇語問創也。他點頭。

我們從紙箱小山中抬起頭，看看左右。路上沒有半個人。

很好，第一階段成功！

「你們今天不是有馬拉松大賽嗎？」蔬菜店的老闆娘一邊整理紙箱一邊問。

「對啊，但只有我們兩人的路線跟別人不一樣。」創也認真地回答。

長得帥就吃香，老闆娘一點都沒有懷疑他。

「辛苦了。這個給你們。」

老闆娘拿了兩顆蘋果給我們。

「謝謝。」創也微笑。

這時公車剛好到站。我們跟老闆娘行個禮後，搭上公車。

第四場　巴士！別跑！

呼～

坐在兩人座的位置上，我深深吐了一口氣。

第二階段成功！

午後的公車，用「安靜」來形容最適合不過，窗外射進來的太陽相當暖和。乘客只有小貓兩、三隻。有人看著窗外，有人打瞌睡，也有人戴著耳機閉目養神，還有人看書……

公車後面有一台黑色休旅車靜靜跟著。看不清楚裡面的人的長相，可是不用看也知道是誰。

「你在學校上課時，卓也都在幹嘛？」我問創也。

「在學校旁邊待命。一發生緊急事件，馬上就能處理。」

「馬拉松大賽呢？」

「也會跟著，畢竟是我的保鑣嘛！」

創也回答時連看都不看後面一眼，我更確定後面黑頭車裡的人就是卓也。不過就現實面而言，有卓也跟著心裡踏實多了。不管發生什麼事，卓也都會幫我們。

創也正托著臉頰往窗外看。

我對他說：「目前為止一切都很順利。」

「我不是說過，我的計算不會有錯。」創也看著窗外說。

喂喂，果然又是老樣子，他到底為什麼總是這樣自信滿滿？

「不過有件事在我計算之外。」創也轉身面對我，說：「你竟然願意幫忙，出乎我意料。」

「你還不是一樣。」我說。

平常的創也，總是跟大家保持距離。

「如果跟大家一塊起鬨，我便無法好好觀察人類的感情和行動。為了創作出最優秀的遊戲，我想當個冷靜的觀察者。」——這是創也最常掛在嘴上的一句話。

所以當他主動說要幫助涼太他們，我嚇了一跳。

創也視線重新投向窗外，說：「這一切……都是遊戲罷了。我只是想用玩遊戲的心情，從馬拉松大賽開溜。」

——騙人。

創也的確是個電玩宅男，而且是以自我為中心的毒舌派，但他並不是個用玩遊戲的心情來做壞事的傢伙。創也這人個性雖然不好，卻沒有墮落到那種程度。

於是我說出自己的想法：「創也，你生氣了對吧？」

「……」

「涼太他們努力拍電影，他們的夢想是總有一天要拍出最棒的電影。但是，胖田卻把他們當笨蛋，所以，你生氣了。」

創也的自尊心頗高，擁有自己的夢想並引以為傲，同時，他也尊重別人的夢想。胖田踐踏涼太他們的夢想，創也會生氣也是理所當然。

「任何人都沒有資格嘲笑別人的夢想。即使是老師……」看著窗外，創也說。他冷靜的口吻，傳達出強烈的意志。

「內人，那你呢？」創也看著我問：「你為什麼會幫忙？」

「……」

這次換我移開視線。以前，在下水道聽創也說他的夢想時，我很羨慕他有自己的夢想。那時我就下定決心，要追隨創也的夢想，直到找到屬於我的夢想為止。

所以，我知道創也對胖田的作為感到不滿。

而且，創也有時只顧專心地追蝴蝶，渾然不知自己可能墜落懸崖。我不能丟下他。

但是，我不知道如何將我的心情傳達給創也知道。

很巧地，這時車內的廣播告訴我們該下車了。

我原本想按鈴，但及時作罷。我問：「創也，我可以按鈴嗎？」

「嗯？」創也一頭霧水。

「我問你，我可以按下車鈴嗎？」

「問這個幹嘛？」

「有一次我一按下車鈴，結果親戚的小孩生氣哭了起來，因為他也想按。」

「你那親戚的小孩幾歲？」創也冷冷地看著我問。

「明年要上小學。」

聽到我的回答，創也嘆了一口氣，說：「內人同學，如果你願意請替我按鈴，我不會跟你搶的。」

他的笑容異常地溫和。

「真的不生氣？」

「不生氣。」

創也的嘴角帶笑。可是，我注意到他的眼睛並沒有笑，趕緊乖乖地按鈴。

叮咚！

鈴聲在車內迴盪。

「重頭戲要上場了。」創也嚴肅地說。

「下公車後沒有時間休息，回程公車的發車時間是四分鐘後。」

我默默地點頭。

看到車站了。

我們站起來，投幣之後隨時準備好下車。

「完了！」

回程的公車已經準備發車，乘客也依序上車。

「不是還有四分鐘嗎?!」

「根據計算是這樣沒錯……」

我看一下時鐘。然後，我恍然大悟。我們搭的這台公車誤點了。

「也對，途中有不少地方在施工，這下麻煩囉！」

創也的語氣聽來輕鬆愉快，嘴上雖然說麻煩，卻一點麻煩也沒有的感覺。

「怎麼辦?!」

創也輕鬆地撥掉我伸出的手。

「擔心也沒用。一下車，請你盡快趕到『ＰＵＡ』辦公大樓。你還沒回來前公車都不會發車。」

「你要怎麼阻止公車開走？難道你要說『請等我朋友回來再發車』嗎？公車怎麼可能等我啊！」

創也拿下眼鏡，對著暴怒的我說：「內人，請你冷靜一點。」他伸出一根手指。「讓我來提醒你一件事。」

伸出的那根手指，指向他自己。「站在你面前的，可是我龍王創也。我既然說要阻止公車發車，車就不會開。所以，你先想想如何快一點回來。」

「……」

真的可以相信你嗎？不過，現在不是猶豫的時候。

公車到站，車門打開。我和創也連滾帶爬地下了車。然後我往「ＰＵＡ」大樓，創也往回程的公車跑。

「我會盡快趕回來！」我大喊，眼角餘光瞥見創也在笑。

「ＰＵＡ大樓」的模樣就像一枝細長的鉛筆。大片玻璃自動門上貼有一塊牌子：「５Ｆ／地區雜誌／ＰＵＡ」。

我按下電梯的上樓按鈕……怎麼還不下來？

啊，算了！乾脆爬樓梯上去。到三樓都還沒問題，四樓時速度漸漸減緩，到五樓時跟走路差不多。

推開「ＰＵＡ」大門，櫃檯姊姊面無表情坐著。

「……我來交……參賽影片。」

我一邊喘氣，一邊將放在毛巾裡的影片盒拿出來。

櫃檯姊姊看了牆上的時鐘一眼，說：「你趕上最後一刻了。」

她的口吻聽起來毫無感情，接著拿出文件對我說：「請在這裡簽名。」

我拿著藍筆，快速寫下涼太三人的名字。

「拜託妳了。這是未來的史蒂芬·史匹柏拍的影片。」

聽到我說的話，姊姊的表情依然沒變。

「大家交影片時，都這麼說。」聲音冷冰冰的。

我從姊姊手中拿過收據，迅速往電梯移動。可是，電梯卻停在一樓不上來。

是誰把電梯叫下去的?!（仔細想想，那個人好像是我……）

啊，沒有時間等了！

我走下樓梯，跟上樓時不同，我的速度不但沒變慢，還漸漸加快——是地心引力啦！等我一回神，腳不慎踩空，直接跌到一樓。像彈珠一樣，滾滾滾到一樓。我全身傷痕累累，這下心情更加慌張。

我忍著身上的疼痛跑回公車站。

果然如創也所說，公車並沒有發車。

太好了！可是，不只創也，連司機、乘客們都趴在地上。

這些人究竟在幹嘛……？

創也注意到我跑回來。他站起來，高高舉起右手說：「啊，找到了！」

聽到這句話，司機和乘客們也站起來，紛紛對著創也說：「太好了，太好了。」

然後大家又回到車上。

我坐在創也旁邊問：「你做了什麼？」

創也露出邪惡的笑容，說：「日本還是很有人情味的啊。要上公車的時候，我大叫『我隱形眼鏡掉了』，結果司機和乘客們都很好心地幫我找。」

「……」

居然濫用別人的好意，這小子果然是惡魔。

「不過，影片總算順利交出去了。接下來只要我們平安無事地返回馬拉松大賽，一切就成功了。」

創也認真地說。唉！不曉得之後還會不會發生計算錯誤的事情。我鄭重地點了頭。

呼……

我在狹窄的座位活動伸展了一下手腳，剛剛跌倒的地方還隱隱作痛。

回頭一看，黑色休旅車仍然緊緊跟隨。我問創也：「卓也如果知道我們中途偷跑，會不會生氣？」

「在學校，很多事他都會裝作沒看到。只是……」

「只是？」

「如果我受傷或是做危險動作，那就另當別論。因為要寫報告書，徹底追究我做了什麼。那時，最好要有覺悟，卓也的拳頭隨時會落下。」

我想起卓也的大拳頭，很痛很痛……

「你只要吃頓拳頭就沒事，我還要被我奶奶教訓，那更可怕。」

「對喔，你奶奶是龍王集團的董事長。」
創也沉默地點頭回答。
我繼續追問：「你奶奶是個怎樣的人？」
「……嗯……」
創也雙手抱胸，陷入沉思。
真難得。不管什麼問題，創也都能迅速答出來，這次竟然要想這麼久。
（大概是在困擾說出口的答案對或不對吧……）
因為創也沒說話，我呆呆看著窗外射進來的陽光。
「……魔鬼吧。」創也低聲說。
我聽得不太清楚。「你說什麼？」
「魔鬼……比較符合正確答案。」
魔鬼……對了，關於自己的家人，創也不曾提起過。
每次只要一談到，他就巧妙地轉移話題。
「你為什麼不說說自己的家人？」
「你又沒有問。」
……所以是我的錯囉？
「問的話你會說嗎？」

關於這個問題，又是一陣沉默。

「……再說吧。」

這時創也的眼神，我已經很久沒看過——那是生人勿近的冷漠眼神，我還沒去城堡之前創也的眼神。

什麼話都說不出來的我，靜靜看著地面。

第五場　偽裝成蛇

我們下了公車。

從這裡過橋後，下一個十字路口左轉，就能追上大家。

我和創也一言不發地向前跑，沒有時間和體力說廢話。

但是，上橋之前我們停下腳步。

我們的視力都非常好（創也戴的那副眼鏡沒有度數）。

河川上，有台腳踏車停在橋上步道的中段，一個男人蹲在那裡。

「胖田……」

「他在幹嘛？」

胖田轉動著腳踏車踏板，似乎脫鏈了。

為了進一步確認，我們躲在橋邊的大樹下。

「不妙！胖田一直待在那裡，我們就無法過橋……」創也有些焦慮地說。

「不用擔心，只是脫鏈而已，他很快就能修好。」

我說完，創也伸出兩根手指反駁：「有兩點問題。第一，胖田騎的淑女車鏈條有板子覆蓋，沒有工具很難修復。而且還有一點……」創也吞了口口水，繼續說：「胖田這個人笨手笨腳，甚至不

知道如何打開ＣＤ盒，只好破壞盒子。」
……遜斃了。
此時，有一台黑色休旅車靜靜開過來。是卓也！
「我們不是有卓也在嗎？請他載我們到橋的那一頭不就好了?!」
聽到我開心的聲音，創也臉上浮現出複雜的神情。
我揮手，黑色休旅車開到我眼前——可是停都沒停就直接開走了。
「……卓也不是你的保鑣嗎？」
創也點頭。
「他的工作內容是什麼？」
「溫暖地守護我，不讓我陷入危險——只是守護而已喔。」
……原來如此。剛才開車經過的卓也，眼神的確透露出些許溫暖。
怎麼辦？
我們坐在樹根上。
忍著寒冷游過去嗎？……不行，憑我的力量，還不足以背著創也渡河。
創也開始喃喃自語。

聯繫了兩岸
聯繫了人和車
因此
也聯繫了水和電

「……你念那什麼東西？」
「小時候讀過的詩，突然想到的。」
聽了創也的話，有個想法突然浮上我的腦海。嗯，創也的資料庫還真有用。
「你該感到高興。橋確實連結許多東西。」
創也聽到我說的話，用十分不悅的口氣回答：「你學我說話，是想到好方法了嗎？」
我點頭，站起來拉創也的手。
「這方法連一休和尚也想不到吧。」
這座橋的兩側，像是穿過橋一般，沿著河岸設有橋下的步道。我帶創也到那裡去，抬頭往上看橋的背面。
有幾根導管和電線穿過橋下。
跟我想的一樣。橋背面和導管之間，有個彎腰就能通過的縫隙。
「你該不會要爬導管到對岸去吧？」創也注意到我的視線問。

「That's right！」我豎起大拇指回答。

創也深深嘆一口氣。

導管的直徑約五十公分，我們在導管上爬行。導管跟導管之間只有十公分不到的縫隙，不需擔心掉到河裡，但我們盡量不往下看。就算知道不會掉下去，可是離河川十五公尺以上的高度，還是很可怕……如果是電視節目，螢幕旁一定會加上「危險動作，請勿模仿」的跑馬燈。

我不時回頭往後看，確認創也有沒有跟上。

創也一臉嚴肅地爬著導管。

就這樣，我們成功橫越了約一百公尺的橋。

一休和尚應該也會滿意我們的表現吧？

穿過了橋下，我們往左跑向河川沿岸的狹長步道。

我順勢回頭往橋上看，胖田還在跟車鏈搏鬥。真可憐。

為了趕上大家的進度，我們盡全力向前衝。

「來得及嗎？」我問。

創也用力深呼吸說：「很冒險。只要通過河堤之後應該會輕鬆一點吧。」

我們的右手邊有一道頗高的水泥牆，是種滿樹木的傾斜河堤。樹枝在我們頭頂上伸展著。

牆約高兩百五十公分，牆上沒有立足處。如果能爬上河堤就好了。

我解開肚子上的毛巾。

「你要做什麼？」創也問。

「把毛巾割細，做一條繩子。」我說。

創也聳聳肩，「又沒有剪刀，你打算怎麼割？毛巾那麼厚也撕不開。」

我也同樣聳聳肩。

竟然以為沒有利器就不能切東西，又不是小孩子……

我看看步道左右，發現了一台自動販賣機。平常它跟一旁的風景合而為一，不是那麼醒目。販賣機旁有個垃圾桶，專放空罐。

「那裡有自動販賣機。」

我伸手指向遠方。

只見創也冷冷地說：「當然有。雖然美國是全世界自動販賣機最多的國家，但依人口及國土面積來看，普及率是日本第一。」

我無視創也的解說，逕自走向垃圾桶，找尋比較乾淨的空罐。

「你很渴嗎？」創也問。

一一回答他太麻煩了，於是我請出腦內助理直子小姐。

「內藤內人的三分鐘快速上好菜」開講！

「內人老師，今天要教大家什麼好菜呢？」

事前先經過彩排，直子小姐表現非常好，真是超優秀的助理。

「今天呢，我們要來試試任何人都能簡單完成的小刀製作。請事先準備一個空罐。鐵罐雖然比較好，不過鋁罐也可以。」

我還在垃圾桶翻來找去時。

「我已經準備好了。」背後傳來直子小姐的聲音。果然是超優秀的助理小姐。面面俱到。

「有刀具和鉗子的話，就有辦法切割罐子，不過現在沒有工具。」

「老師，沒有工具不要緊嗎？」

直子小姐皺起眉毛，露出不安的神情。她表情自然真切，就像沒彩排過那樣感覺緊張又新鮮。

「請放心。」我有點裝專業地說：「把罐子從中間捏扁，握著兩端往不同的方向扭轉，就能輕易地切斷罐

子。」

當我開始動作時，一旁的直子小姐說：「這裡已經準備好切斷的罐子。因為切口很銳利，請注意不要傷到手。」直子小姐微笑著說。

這一笑，她的粉絲又要增加……我怎能輸她！

我也露出笑容。帶著笑容用腳踩扁罐子，將切面踩平整。

「雖然不能跟市面上賣的刀子相比，如果只是切一些小東西也綽綽有餘囉！」

「有時間的話，建議用石頭研磨切面。」直子小姐溫柔地笑著說。

「那麼我們下次見！」

片尾曲響起，「內藤內人的三分鐘快速上好菜」結束！

我把剛做好的刀子抵著毛巾，沒有磨過的刀鋒雖不夠鋒利，還是能割開毛巾。裁成細長的四條布互相打結後，一條繩子便完成了。

「雖然好不容易完成一條繩子，但怎麼綁到樹上？」

不想一一回答的我，沉默地將繩子沾水。接著把沾濕的繩子，像鞭子一樣揮到牆上的樹枝。沾濕的繩子緊緊纏住樹枝，用力拉也拉不開。

我腳踩著牆壁，抓緊繩子往上爬。

爬上河堤後，我對創也說：「趕快爬上來。」

這時創也有感而發：「你祖先是忍者嗎？」

很遺憾，我的祖先是獵人。

創也上來後，我問：「來得及嗎？」

創也豎起大拇指說：「如果我的計算沒錯的話。」

……嗯，我也祈禱不要出錯。

從中段開始，河堤就長滿了雜草，而且愈來愈斜，一不小心就會滑下去。

回頭一看，創也雖然面有難色，不過還是跟在後面。

我儘可能發出噪音撥開草叢往上。雖然住宅區的草叢應該不會有蛇出沒，但還是小心一點好。從小奶奶就告訴我毒蛇的可怕，託奶奶的福，蝮蛇、山煉蛇這些國字，我進小學之前就會了。

我把長長的草捲在手上，用力拉緊支撐身體。腳踩穩，手往上伸，再抓緊下一把草。

過了河堤是塊荒廢的田地。田地被雜草和石頭覆蓋，中間有座傾斜的農具棚。農田只要一陣子沒整理，很快會長滿雜草。

我撥開草叢走上柏油路。

午後的住宅區安靜得出奇，彷彿居民都被外星人綁架了一樣。

長長的下坡盡頭是T字路，我們面前的橫向道路就是馬拉松大賽的路線。到那裡之後，再往左跑一段就到達中點。

我觀察著T字路，目前還沒有人跑來。

感覺應該來得及……只剩下斜坡而已，慢慢走也無妨。

我看了看創也，他也對我微微笑。可是──

「你……怎麼滿頭冒汗？」

額頭上全是汗水的創也說：「……沒事。剛剛那麼拚命跑，當然會流汗。」

「……」

「我有點累。想稍微休息一下。來到這裡我就放心不少，你先走沒關係。」

說完，創也坐在路旁。

「……」

我走近創也，捲起他運動褲褲管。他的右腳踝腫起來了。

「……什麼時候弄的？」

我盡量讓語氣聽來平靜。

「剛剛……爬河堤的時候，好像扭到了。」

創也說話的語氣感覺好像尿床被發現的小孩。

「是喔……」

我遙望T字路。看到田徑隊短跑選手三郎跑了過來，腳程快的人開始通過。

「之後我會想辦法處理。你先走。」

「想辦法……想什麼辦法啊？」

創也一副要我別擔心似的，聳聳肩膀說：「只要我在這裡待超過一小時，卓也就會過來。他會帶我去醫院。」

「這樣做的話，我們偷跑的事不就被發現。」

創也又再次聳肩。「那也沒辦法。反正被抓到的人是我。我不會說出你和涼太他們，放心。」

「……」

「趕快去跟大家會合。」

「……」

織田信長和德川家康又再次出現在我腦中。

「人的一生中都背負著重擔……」

我速速把他們驅趕出去。

接著是我奶奶出現。奶奶帶著前所未有的溫柔笑臉說：「內人，看你這樣我就放心了。要是你把受傷的朋友當成『包袱』，那你可就得再嘗嘗掛在樹上的滋味了。」

噢，小時候我做壞事就會被吊在樹上……

「可是……我面臨的問題是創也受傷走不動。怎麼辦才好？」我問。

奶奶用她滿是皺紋的手摸摸我的頭說：「內人，對自己有信心一點。我教過你許多知識和技術，從有趣的電影到印加文化，許許多多不同的事物。仔細想想，不管任何危機，你都能笑著化解的。」

說完，奶奶便任意從我腦中退場了。

真是的……每次都這樣。我還有更多事情想問耶！

我坐在創也旁邊，腳往前伸直。

抬頭看著天空，白雲在空中飄。

「你不走嗎？」創也問。

我沒有回答。

現在，我的腦中都在想如何度過這次的難關，沒有空回答創也的問題。

「只有我一個人的話，應該不會被罵得很慘。再怎麼說，畢竟我跟你不一樣，我是成績優秀的好學生。」創也得意地說。

還有心情毒舌，我看腳傷應該沒什麼大不了。

我想起剛才奶奶說的話。

我問創也：「印加文化，是怎樣的文化？」

「印加文化？」

突如其來的問題，讓創也有些一頭霧水。他回答：「嗯……印加文化最有名的就是巨石建築。」

嗯。沒錯，奶奶曾經說過這一點。

「不用推車就能搬運石頭，真了不起耶！」

「……為什麼不用推車？」我問。

「一般認為，印加文化並沒有推車和文字。」

啊啊，對喔！這個奶奶也說過。印加和馬雅文化，以及早期的埃及文化都沒有推車。

對了，推車……

我站起來，走到剛才經過的田地。目標：農具棚。

我檢查一下兩塊傾斜的門板，用手指轉轉門板下的車輪。雖然有些生鏽，但還可以動。

我用橫木拆下車輪，再將車輪與散落一地的板子用生鏽的鐵釘固定。四個車輪上固定好一個大小與畫板差不多的滑板就完成了。

沒有時間做細部整理了，我趕快回到創也身邊。

「我原本期待你弄個竹蜻蜓呢。」創也看到我手裡的自製滑板，嘆了口氣。

還嫌！

「把腳伸出來！」

我把農具棚裡的肥料袋摺成細長條當成繃帶，纏著創也的腳踝，連鞋子一起固定，做暫時保護措施。這樣就沒問題了……應該沒問題。

「坐上來。」

我把創也移到自製滑板上。

「我們出發囉！」

我坐在創也後面，腳用力往地面一蹬。

第六場　回到馬拉松大賽

喀喀喀～

生鏽車輪發出的聲音，在寂靜的住宅區迴響。看似平緩的下坡道，溜了才發現其實很陡，強風使我睜不開眼。

ＯＫ，非常好！馬上就能跟其他跑者會合了！

此刻，我終於能理解萊特兄弟飛行成功的喜悅。太棒啦！

呀～呼～！

下一秒，我想起一件重要的事。

我老實地向創也認錯：「我以前都說你是沒考慮後果的大笨蛋，其實我沒資格說你，對不起。」

「為什麼突然這麼說？」

看著創也一臉不可置信的表情，我才坦承：「我忘了在滑板上裝煞車系統……」

「?!」

創也發出慘叫。

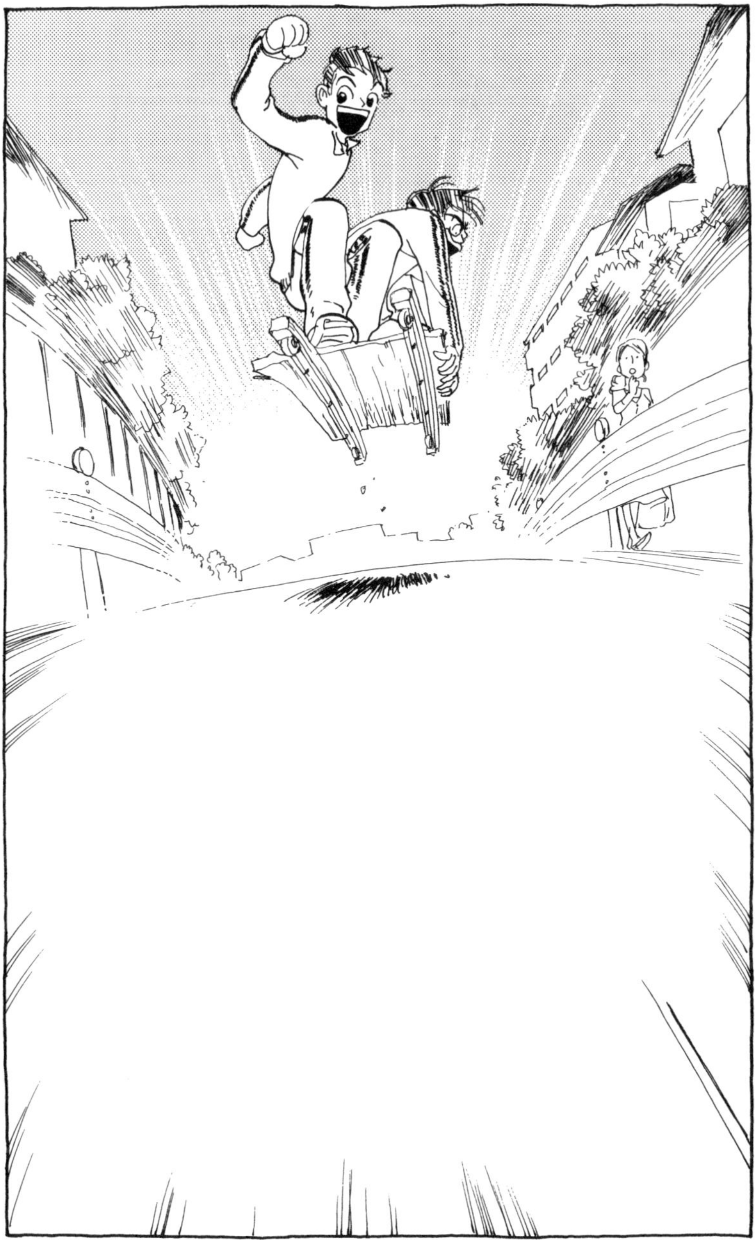

T字路的盡頭已近在眼前，一切都太遲了。

看到我和創也從斜坡上溜下來的同學，都驚訝地站在原地。

走開！

此時，眼角的餘光瞥到一台黑色車子。車門開了，一個黑色物體像風一樣從車內席捲而來——

是卓也！

卓也就站在道路前端，朝急衝而下的我們伸出雙手。

當我們快要撞上卓也的瞬間，他的雙手像柳枝一般動了起來。

左手抓我，右手抓創也，左腳抵著滑板。

得救了……

才稍稍喘了口氣，下一刻我和創也被胡亂地丟在地上。

「卓也，很痛耶！」創也揉著腰說。

「抱怨之前，你是不是忘了什麼？」

卓也往下俯瞰我們，眼神令我聯想到冷凍怪獸貝吉拉❻。

「……謝謝你救了我們。」

我們道了謝後，卓也的眼神才稍微溫暖一些（原本冷得像乾冰一樣）。

「可是，我的腳扭傷了。對我溫柔一點，這個要求應該不過分吧？」

「那是因為我看見創也少爺的腳傷已經做了適當的處理。等一下還是會帶你去看醫生的，不用擔心。還有——」

卓也的眼神又變成貝吉拉。

「既然跟我有所接觸，那請你說明一下，為什麼你們會從非馬拉松路線的道路快樂地溜下來？」

並沒有那麼快樂好嗎？——我想反駁，無奈氣氛不對。

「不管創也少爺在學校做什麼，只要不跟我有接觸，我就能在報告書上寫『沒有任何異狀』交差。可是，一旦跟我有接觸——」卓也一臉悲傷地閉上眼睛，搖搖頭說：「為了寫報告，我只好請你把事情從頭到尾說出來。」

「嗯，這個嘛……」

創也無話可說，額頭上猛冒汗，大概是扭到的地方隱隱作痛吧。

他求救似地看著我。我也很認真想，卻想不到怎麼跟卓也交代。

這時，傳來一陣腳踏車聲，和啪噠啪噠的腳步聲，然後是喘氣聲。胖田，放棄跟車鏈搏鬥的老師，正滿頭大汗地推車。

「你……們，沒有跑……馬拉松，到底在……幹什麼……？」胖田看著我和創也、卓也，還有圍在一旁的男同學，上氣不接下氣地說。

❻超人力霸王打敗過的怪獸之一。

「創也少爺扭傷腳了。」卓也對胖田說。

「你是？」

胖田抬頭看著高個兒的卓也。

「抱歉，忘了自我介紹。我是龍王集團特殊任務部總務課主任祕書的二階堂卓也。」

卓也拿出名片。看到卓也恭敬地雙手遞上名片，我才想到原來卓也也是個上班族。

「集團高層下達命令，要我保護創也少爺。」

「他說得沒錯嗎？」胖田向創也確認。

「嗯，是啦……」創也點頭。

「現在我要帶創也少爺去醫院，沒有異議吧？」

卓也看著胖田。本人雖然沒有瞪人的意思，但對普通人來說，那眼神太可怕。

「啊……既然家長都開口了……」

聽了胖田的話，卓也鞠躬道謝。

這時胖田的判斷完全正確。因為卓也是「任何人都不能妨礙我工作」的類型。只要出言不慎，恐怕連胖田都要進醫院。

卓也抱起創也，將他塞進車後座。

「到醫院的路上，讓我快樂地聽你說說事情的經過。」卓也說。

創也臉色一陣慘白。

我一句話都沒說，靜靜地看著黑色休旅車遠去。

第七場　馬拉松之後

馬拉松大賽之後的事情，沒什麼好寫的。

創也的扭傷，只花五天就痊癒了。我想是因為緊急處理得當，但創也連句謝謝都沒說。

卓也拳頭落下的地方，經過十天依舊疼痛。

我被卓也揍一拳就沒事，但創也除了拳頭外，還有奶奶的斥責。

「你奶奶怎麼懲罰你啊？」我問。

只見創也頓時臉上血色盡失。

光回想就有這種反應，看來似乎很可怕。

啊，忘了最重要的事情。

涼太他們的影片在第一次審查時，幸運地落選。

——報告完畢。

番外篇 I

栗井榮太的夢

過去

突如其來的交通事故，奪走我的雙親。
大概是想贖罪吧，老天給了我三個同伴。

那是我六歲那年夏天的事。
豔陽高照，當我蹲在炎熱的庭院，看著一排排的螞蟻時，叔叔跑了過來。
我抬頭向上看，叔叔背著陽光，我看不清他臉上的表情，只看見一個黑洞，張著一個西瓜般的血盆大口對我說：「爸爸和媽媽出車禍過世了……」
殘酷的言語從紅色的西瓜中流瀉出來。
我閉上眼，兩手摀住耳朵，心裡默數：「一、二、三……」
數到十，我張開眼睛。
眼前仍是叔叔，那張臉依然發黑。
之後，我像個傀儡娃娃。
叫我穿什麼，我就穿，叫我坐哪，我就坐。

還很多人哭著擁抱我，我知道周圍的人都特別留意我。
平時最討厭的薰人線香，此刻我卻不介意了——我已經變成毫無情緒的娃娃。

一個想法閃過我麻木的腦袋。
要堅強一點。
現在不是哭泣的時候。我要比誰都勇敢。
對。假如我有妹妹，就不能太軟弱，一旦流淚妹妹就會笑我。不，不只是嘲笑，妹妹夠剛強的話，可能還會罵我：「明明是哥哥，哭什麼啊?!」
我得堅強起來……

過了幾天，渾渾噩噩地睡著又醒來，就這樣，周遭的聲音漸漸平息。
不變的是，我依舊像個娃娃。不只如此，周圍的人也慢慢像人偶。
大家都變得像人偶一樣有個圓圓的頭，卻沒有眼睛、鼻子。單調的臉孔。
鏡子映照出我的臉。
那不是我，是和我很像的雙胞胎妹妹。
我要保護妹妹……

某一天，親戚在我家會客室集合。

我被迫坐在爸爸的寶座。

親戚坐滿了旁邊的沙發，大家看起來都是人偶。

「小孩子不在比較好吧？」一個人偶開口說話。

「不，現在要討論他的問題，就讓他一起聽。」另一個人偶反駁。

這類的話語環繞在我的四周。

而且，人偶們談論著我今後的去向——不，我想他們更熱中討論爸爸的遺產。比起我的去向，他們更關心誰來管理財產。我清楚明白一件事：他們要錢，不要我——結論一開始就很明確。

我安撫妹妹。沒關係，不要擔心。有哥哥在，哥哥一定會保護妳。

此時，會客室的門被打開。

「你們是什麼人……？」

不理會人偶們的制止，三個男女走進來。

走在最前面的，是一個穿白色西裝，年約二十五歲左右的男子。胸口掛著一條金項鍊，粉紅襯衫的領子外翻。那種裝扮，任誰看都會覺得他是「流氓」。

然後一個花稍的姊姊跟著走進來。穿著合身的紅色洋裝，手拿著一根和衣服、嘴唇一樣鮮豔的紅色棒棒糖。我打量著她，一面想她大約幾歲，而她竟朝著我拋了個媚眼，彷彿在說：「就算是小

孩，也不能窺探女生的年齡喔～」

走在最後面是一個穿著制服，舉止鬼鬼祟祟的男生。一頭長而凌亂的頭髮垂在肩上。

這三個人想做什麼……？我有些茫然地想著。

他們為什麼會到這裡來？而且，為什麼這些人不是人偶……？

白色西裝男跪在我面前。

「華納夫婦的事，真的很遺憾。」他直視著我的眼睛說。然後，立刻轉身對在場的人偶們放話：「你們想要的是華納夫婦的遺產，而不是這小子。」

他說「這小子」時，手指著我。

人偶全都閉上嘴聽他說話。

男人大剌剌地繼續說：「既然看透你們的心思，我也不浪費時間。」然後，他瞪著我，說：

「這傢伙我要帶走。」

雖然他瞪我，我卻不感到害怕，反而有股興奮感。

「告訴他們『遺產隨便你們要怎樣，不過此後別再跟我扯上關係』。」

「你們到底是誰？」其中一個人偶抓住男人的肩膀。

男人一點也不慌張，輕輕把人偶的手撥開。理理西裝領子後，從口袋掏出名片。

「真抱歉，忘了介紹——我的名字是神宮寺直人，從事電玩創作的工作。」

「電玩……？」

喃喃自語中透露出不屑，彷彿是說：「電玩不就是小孩的玩具。」

人偶再度開口。

「華納的工作是研發商業軟體，想不到他竟然會去認識玩具商。」

聽到這句話，神宮寺聳聳肩，伸出一根指頭說：「我是那種遇到不懂就問的人。問個問題好嗎？」不等對方回應，他就把臉湊近人偶說：「你，真的跟華納有血緣關係嗎？程度未免太低了吧。」

說完，他看著我，「我一直想跟你父親共同創作電玩遊戲。見了幾次面後，以為終於可以合作……可是……真令人遺憾。」

神宮寺說話的同時，流露出深沉的悲傷。

這是第一次——第一次遇到打從心裡替爸爸的死感到難過的人。

眼淚從我眼中落下。

神宮寺伸出手，他的瞳孔裡有我。那不是人偶，也不是妹妹，而是我——朱利爾．華納。

「華納常常跟我提到你。他說再過幾年，他的兒子會是比他更強的程式設計師——所以，我們來邀請你。」

……邀請我？

「錢、房子這些不必要的東西，全部都給這些傢伙。」

這句話讓人偶動也不動。

「必要的東西我們都給你。相對地，我們要借助你的才華。」

神宮寺的眼神相當認真。

「來吧。我們一起追逐同一個夢想。」

「夢想……？什麼夢想？」

這時，神宮寺微微一笑。

「創作出第一流的終極電玩遊戲。」

神宮寺身後，紅色洋裝的女人對我微笑。制服男也點點頭。

「被邀請的人，只有我嗎？妹妹呢？」

「你有妹妹嗎？」

「回答我！」

「只要你肯跟著我們，想帶誰都沒問題。你們都是我們的夥伴。」

聽到這句話，當下我做了決定。我握住他的手。

房子、金錢，我曾經擁有的東西全都拋棄了。

現在，在我手中的是他們三人——需要我的三個夥伴。

紅色洋裝的是鷲尾麗亞小姐。我是不太清楚，不過聽說她好像是有名的冒險作家。穿制服的是柳川博行，國中生，話不多。光問出這些資料，就花了不少時間。

「我是朱利爾——朱利爾・華納。」我報上名。

神宮寺開心地說：「很好，這樣一來栗井榮太終於全員到齊，總算可以開始行動。」
「KURIIEITA……？」（栗井榮太的日文發音）
「沒錯，朱利爾。」鷲尾張開她紅豔的雙唇說：「我們四個人就是『栗井榮太』，夢想創作出第一流的終極電玩遊戲。」
第一流的終極電玩遊戲——這句話深深烙印在我胸中。

呈獻

放學回家的路上，我走在高級住宅區的街道。

學校的課業一點都不有趣。我認為少了朋友，根本沒必要去上學。

「朱利爾，你住哪裡啊？」對我很有興趣的女生問我。

「不要看到外國人就靠過去啦妳。」

旁邊還有一個隨便誤會我的男生答腔。（雖然外表是外國人，但我可是擁有日本國籍的日本人。）

因為有許多朋友，學校才顯得有趣。但是，更有趣的是回家之後的生活。

不管哪一棟房子，都有寬敞的庭院，樹木生長得十分茂密。我走近高級住宅區中最大的一間房子準備開門。

往玄關的小路旁種滿各式各樣的藥草，這是柳川—willow的興趣。

玄關處有獅子造型的門環，上面有個特別的裝置。

「叩、叩叩叩叩，叩、叩。」只要按此旋律敲，門鎖就會解開。我打開門，走進屋裡。

我一走上迴廊，廚房的門打開了，神宮寺穿著圍裙探頭出來，對我說：「哦，回來啦！課上得如何？」

神宮寺不變的台詞。剛開始我還會詳細報告，現在我只會點頭說：「嗯，還好。」而已。

話說回來，神宮寺穿著圍裙，這表示——

「柳川哥又窩在房裡啦？」我把手放在耳朵旁問。

神宮寺看見我的手勢，知道我在說什麼。

「他結尾的部分不滿意，說要重做。」

柳川負責配樂及電腦繪圖。

「……我覺得還沒差到非重做不可耶。」

「willow是個追求完美的人啊！」神宮寺嘆了口氣。神宮寺稱柳川為「willow」。

在家裡，一直都是柳川煮飯，他的手藝可是一流的。

「如果開發遊戲賺不了錢，就來開個『栗井榮太烹飪教室』吧。」神宮寺常常開玩笑。

「今晚吃什麼？」我問神宮寺。

「我看看……」

神宮寺從圍裙的口袋中拿出便條紙，念著：「生干貝魚翅雞湯、義式生章魚薄片、西檸煎軟雞……這是什麼菜？」

我看一眼便條紙，說：「字面上來看，大概是炸雞塊吧？」

「……是嗎？」神宮寺歪著頭。

「寫這張便條紙的不是你嗎？」我問。

「我怎麼可能想得出這麼複雜的菜單。」神宮寺回答。

也就是說——

「公主來了啊……」

我頓時感到全身無力。

公主——冒險小說家鷲尾麗亞，平常住在離這裡不遠的公寓。當截稿日期逼近，便會住進飯店閉關，再寫不出來就逃到這裡。

公主一來，就表示……我這幾天別想安安靜靜過日子了。

我問了我最在意的事情：「神宮寺先生，這些菜你做得出來嗎？」

「別擔心啦。」

神宮寺笑著說。他總是一派輕鬆的模樣。

我也自然地笑了笑，繼續問：「你做過嗎？」

「等會上網查一下『義式生章魚薄片』的作法就好啦！」

聽到他的回答，我的笑容僵住。

「不用擔心。沒問題。」

神宮寺總是一派輕鬆，「總是」……

回到我的房間，放下書包。

我很喜歡這個房間，但有一點比較難以忍受——隔壁就是公主的避難地。當我坐在書桌前寫作業時，就聽見隔壁房間傳來「啊——」或「呀——」的哀鳴，甚至聽得到踹牆壁的聲音。這是公主和截稿怪獸奮戰時所發出的聲音。

「噢，乾脆一點把我殺了吧！」

像舞台上女主角一樣的台詞，從隔壁傳過來。

為了我的精神狀態著想，最好離開房間。

本來想去廚房幫神宮寺的忙，但只怕我愈幫愈忙。只有神宮寺一個就夠讓人擔心，再加上我的話，不知道會做出什麼菜來。負負得正只是數學上的理論。

我決定到工作室去。

穿過橫貫壁爐煙囪的狹小通道，沿著梯子再爬到地下一樓的工作室。

當初把通往工作室的路設計得如此麻煩是有原因的。

「既然進來工作室如此麻煩，一旦厭倦工作也無法迅速逃出去。我認為這是最棒的工作環境。」

這是麻煩路徑的設計者——神宮寺的解釋。

一條狹窄通道將地下一樓分成兩邊，兩側各有四個房並排。其中一間就是我的工作室。

打開門，紅色和黃色的小燈在陰暗的室內閃爍。我打開電燈。被機器和電線埋沒的房間，瞬間亮了起來。

我坐在電腦前，打開主機。伴隨著硬碟讀取聲，整個房間頓時有了生命。

現在開發的是真人版角色扮演遊戲。測試版已經完成，程式上會出現的錯誤也一一克服，此時正是鬆一口氣的時候。

我叫出遊戲程式，主電腦上出現了真人版角色扮演的遊戲世界。

栗井榮太的最新作品——「終極ＲＰＧ——ＩＮ塀戶」。

「……」

我呆呆地看著螢幕一會兒。

玩家設定畫面中，有幾個內建角色可選。按下「Enter」鍵，字母和數字在畫面上跑。從開始玩到破關總共要四十八小時的遊戲，電腦只花零點五秒即模擬完畢。如洪水般的字母與數字跑完後，螢幕上出現文字：「沒有異狀」。

硬碟內的內建角色超過一億種。這些角色隨機模擬，任何模擬結果都是「沒有異狀」。

也就是說，不管誰玩這遊戲，都不會有任何異狀。不論單人、或雙人，甚至隊伍模式，都沒有問題。

「……」

我結束掃描，默默地切換到輸入內建角色資料的畫面。

性別：

年齡：
身高：
體重：
……

我的手指在鍵盤上游走，輸入內建角色的個人資料。

性別：男；年齡：國中二年級；身高……

我輸入的是那傢伙的資料，就是到這裡來向我們栗井榮太下戰帖的小子。

「我和內人要以這個都市作為舞台，創作出比栗井榮太更優秀的真人版角色扮演遊戲。」這個說大話的傢伙名叫龍王創也。

然後，我又輸入另一個人的個人資料。

在龍王創也背後微笑的小子。關於電玩製作一竅不通。即使看到我們栗井榮太，一點也不畏縮。名字是內藤內人。

我私下調查過他們。將他們的資料輸入電腦。

龍王創也：豪門企業龍王集團的繼承人。嘴巴很毒，喜歡紅茶。

內藤內人：第一眼印象是被補習班課業追著跑，到處可見的普通國中生。其實，他從奶奶那裡學到許多生存技術，堪稱史上最強的國中生。

我繼續輸入資料。然後，將他們的內建角色，以隊伍模式模擬試玩。

硬碟發出一陣怪聲，停不下來。

約二十秒後，螢幕出現「程式錯誤」的字樣。

「……」

我再下一次指令。可是，結果還是一樣。

「程式錯誤」

我深呼吸讓心情冷靜。再次切換到輸入內建角色資料的畫面，建立另一個角色。

二階堂卓也：龍王創也的保鑣。十分敬業，保護龍王創也的意志十分可怕。將來的夢想是成為溫柔的保母……

龍王創也、內藤內人、二階堂卓也……我再用這三個人的角色以隊伍模式模擬。

按下「Enter」鍵的瞬間——

「發生不明原因的錯誤。程式即將終止。程式即將終止。」

硬碟停止運轉，螢幕電源斷掉。所有機器停止運轉，房間回到原本的寂靜。只剩下我呆坐在椅子上。

「這道西檸煎軟雞，怎麼沒淋檸檬醬？」公主手拿筷子夾炸雞塊，邊抱怨。
我盯著盤子發愣，等公主抱怨完。
公主原本還在房間大吵大鬧，但是只要一叫「開飯囉」，就會立刻乖乖來到餐廳。
「有什麼關係嘛！反正雞肉炸過就好啦。」神宮寺說。
「我想吃的是西檸煎軟雞！不是炸雞塊！」
颱風的威力逐漸增強。
「那妳自己去煮！」神宮寺也不甘示弱。
「我來煮真的好嗎？」公主不懷好意地笑了。
突然，神宮寺舉起雙手說：「我道歉。是我不好！」
公主大獲全勝。餐桌上掃過一陣強颱，現在又平息下來。
我把視線從餐盤中移開。坐我對面的柳川，戴著耳機默默吃晚餐。
「willow，吃飯時稍微休息一下，沒關係。」
神宮寺跟他說話，他也沒聽進去。
「真沒禮貌！」連公主的聲音也被他當耳邊風。
神宮寺姑且不管柳川，對我們說：「我有個提議。」他的語氣聽起來很認真。
公主放下刀叉。柳川察覺到周遭的氣氛，將耳機拿掉。
神宮寺是栗井榮太的領導者，基本上他擁有不需和我們商量，就能決定所有事情的權力。神宮

「這道西檸煎軟雞，怎麼沒淋檸檬醬？」公主手拿筷子夾炸雞塊，邊抱怨。
我盯著盤子發愣，等公主抱怨完。
公主原本還在房間大吵大鬧，但是只要一叫「開飯囉」，就會立刻乖乖來到餐廳。
「有什麼關係嘛！反正雞肉炸過就好啦。」神宮寺說。
「我想吃的是西檸煎軟雞！不是炸雞塊！」
颱風的威力逐漸增強。
「那妳自己去煮！」神宮寺也不甘示弱。
「我來煮真的好嗎？」公主不懷好意地笑了。
突然，神宮寺舉起雙手說：「我道歉。是我不好！」
公主大獲全勝。餐桌上掃過一陣強颱，現在又平息下來。
我把視線從餐盤中移開。坐我對面的柳川，戴著耳機默默吃晚餐。
「willow，吃飯時稍微休息一下，沒關係。」
神宮寺跟他說話，他也沒聽進去。
「真沒禮貌！」連公主的聲音也被他當耳邊風。
神宮寺姑且不管柳川，對我們說：「我有個提議。」他的語氣聽起來很認真。
公主放下刀叉。柳川察覺到周遭的氣氛，將耳機拿掉。
神宮寺是栗井榮太的領導者，基本上他擁有不需和我們商量，就能決定所有事情的權力。神宮寺說「有個提議」時，一定和遊戲有關。

「『終極ＲＰＧ——ＩＮ塀戶』的測試版完成，嗯……除了配樂以外。總之測試版已經可以進入試玩階段。」神宮寺看著我，問：「朱利爾，有發現任何錯誤嗎？」

「……沒有。」我稍微停頓一下才回答。

我想起用創也他們的角色模擬試玩時的狀況。

「沒發現錯誤。我認為以現在的版本為基礎，來完成最後階段就可以了……」

還沒說完，神宮寺就舉起手，阻止了我：「不要著急，朱利爾。還有時間，凡事還是小心一點好。」神宮寺說。

「那你的提議是什麼？」公主問。

「我想載入測試版。我指的不是虛擬世界，而是載入這個無聊的現實世界。」

聽到神宮寺的話，公主捧著酒杯說：「我就等你這句話，這樣我才有動力把稿子修到最好嘛！」

「在沒有配樂的條件下，我贊成載入。」

聽到柳川的回答，神宮寺點頭。然後問我：「朱利爾，你認為呢？」

我當然不會反對。

神宮寺滿足地點頭繼續說：「而且，我打算以那兩個人為玩家樣本。」

那兩個人——聽到這裡，我僵住了。那兩個人指的不就是……

「噢，nice！nice！非常棒的主意！又能和那些小鬼碰面，好期待喔！」

公主誇張地說，手還比了一個愛心的形狀。

「willow呢？」

被神宮寺一問，柳川點頭。

「朱利爾？」

我嘛……我……

「我贊成載入測試版，可是我認為找其他人當玩家比較好。怎麼說，我不想讓那兩個人看到栗井榮太的計畫。」我邊思考邊小心翼翼地回答。

這時，神宮寺伸出食指搖一搖。「要讓那兩個人來玩才有意義。讓他們玩玩栗井榮太創作的真人版角色扮演遊戲的測試版，他們肯定會後悔，才知道對栗井榮太嗆聲是自不量力。」神宮寺笑著說，嘴角露出銳利的犬齒。

「我覺得不用在意那兩個人也沒關係啊。」我自言自語。

「朱利爾，你別忘了。」神宮寺將西檸煎軟雞——不，是炸雞塊，邊往嘴裡送邊說：「那兩個人已經釋出敵意，我們絕不能放過任何敵人。創作出最完美遊戲的人，不是別人——是我們栗井榮太！」

神宮寺的眼睛彷彿在冒火。

喔，原來如此。

爸媽死後，我遇見了這雙眼睛。然後，一直到現在，我都和這雙眼睛一起創作遊戲。神宮寺的雙眼反映出一個事實——不要懷疑他。

我決定了。

「改天我到他們的地方走一趟。」我說。

就是龍王集團開發計畫中被淘汰的廢大樓，也是那兩個人的城堡。

神宮寺聽到我的話後，點點頭說：「看來一場愉快的派對就要開始囉！」

說完，他豪爽地喝乾杯裡的酒。

「可是我覺得啊——」公主盯著叉子上的章魚，一面說：「不要敵視那兩個人，把他們當作朋友不行嗎？」

「辦不到！」神宮寺立即回答。

「為什麼？能跟可愛的小鬼做朋友的話，我很開心耶。」

神宮寺對著眼神迷濛的公主說：「我比喻得不是很好，但他們和我們的關係，就像巴納比．羅斯和艾勒里．昆恩❼一樣，永遠不可能攜手合作。」

❼艾勒里．昆恩（Ellery Queen）是著名推理小說作者筆名，也是同系列作品中偵探的名字。艾勒里．昆恩其實是一對表兄弟，一生致力於推理小說的寫作。晚期他們還用另一個筆名巴納比．羅斯（Barnaby Ross）創作，雖然仍會以筆名艾勒里．昆恩推出作品，但偵探艾勒里．昆恩已不復見。這兩個筆名可以說是這對兄弟寫作生涯的不同階段，在這裡神宮寺則引申為內人創也與栗井榮太王不見王的關係。

公主眨了眨眼，說：「這個比喻真的有點爛。」

「想像一下嘛，還是不能理解嗎？」

公主聳聳肩，問神宮寺：「所以你到底是怎麼想的？」

「被那兩個人嗆聲後，怎麼可能跟他們當朋友?!」

神宮寺握緊拳頭，咬牙切齒地回答。柳川猛點頭，我的心情也和他們一樣。

公主大大嘆了一口氣說：「男人啊，真是難懂……」

之後，過了幾天——

我前往他們的城堡。

還帶著遊戲的邀請函。

第二幕

妖精美少女的真相

開場白

「啊！」

「二郎你幹嘛啊，不要那麼大聲啦！」

「對不起，一郎哥哥。可是……」

「這樣人家會發現我們是偷偷溜進來。被警察抓走你也無所謂嗎？」

「……」

「因為這裡很少人來，所以蟲很多。如果被抓，我們就不能再來了喔。」

「噢，人家不要啦。可是……」

「可是什麼？」

「我們上次來不是三天前嗎……」

「嗯。後來一直下雨，所以不能來。」

「下雨之後樹會長高吧？」

「應該吧。」

「可是，這棵樹愈來愈矮了。你看，之前我手搆不到的樹枝，現在搆得到了。」

「這……難道不是你長高了嗎？」

「才三天怎麼可能長那麼高？而且不只這棵樹變矮，這邊也是，對面的樹也是。」

「這……」

「……」

「……」

「……一郎哥哥，這裡以前是不是有鬼啊？」

「……」

「……」

「快逃！」

「哇——！」

第一場　小仙女的邂逅

嗯……

我想寫寫這陣子發生的騷動，可是卻不知該從何下筆。

還是要從我成績太差的地方開始吧？

唉……

當你考不好時，會受到何種處分？

不准吃飯、零用錢減少……或是精神上的處罰，比如看個電視休息一下，就會馬上被爸媽嚴厲的眼神瞪個沒完。

什麼，你不會被處罰嗎？你爸媽會溫柔地對你說「下次好好加油」？

好好喔~真羨慕！我覺得這種鼓勵方式才讓人比較有幹勁嘛！

那麼，我來說說我的狀況。在我家，因為成績不好而倒楣的，應該是我爸……

首先，我媽一看到考試成績，臉上表情立刻消失，一句話都不說就跑出去。回來之後手上多了介紹補習班的小冊子，「啪」一聲丟在我面前。

選一家補習班吧——我媽銳利的眼神透露出這個訊息。

可憐的爸爸。為了新補習班的學費，他本來就不多的零用錢變成少得可憐。新補習班問題也影響到晚餐菜色；正在發育中的我想吃肉，但漸漸地，我家餐桌連肉都變得很少見。

但最可憐的還是我爸。以前我爸本來是喝啤酒，但後來我開始上補習班，他就得改喝便宜的氣泡酒。這時，我媽下達嚴格的命令：在我家氣泡酒也要叫「啤酒」。隨著補習課程增加，連氣泡酒也小了一號；這次又要多上的話，我爸晚上的小酌會變得如何？請從下面的選項中，選出最有可能發生的一項：

①發泡酒更小罐了

②發泡酒換成更便宜的雜酒

③媽媽對爸爸發出禁酒令

——不管是哪一項，對我爸來說都是殘酷的結果。

我開始翻閱媽媽拿回來的小冊子，看到有一頁寫著「免費試聽！每週二晚上」。「免費」兩個字吸引了我的目光。

「媽！我要去試聽這個！」

我媽面無表情地看著我手上的小冊子，露出「這補習班可以信賴嗎？」的狐疑眼神。但是，當她看到「免費」兩個字時便笑逐顏開，說：「也對，別急著下決定。先試聽看看也好。」

聽我媽這麼說，我拚命點頭。太好了，至少我爸的零用錢和晚上的小酌，暫時保住了。

然而……

「只去一次的話，不知道效果如何。你先去試聽個十次再來決定。」我媽說。

「怎麼可以這樣啊？同一個人去那麼多次，人家會叫我不要再去了。」

「你用假名就不會被發現啦！」媽媽笑著說。

我無奈地在心裡計算，試聽一個禮拜才一次，去十次要花兩個半月……

「去十次還沒有效果的話，就可以考慮其他補習班了。」

我媽丟下這句話，我點點頭……也只能這樣，無法多說什麼。

要在兩個半月內交出一些成果啊。光用想的就好痛苦。

剛剛試聽完畢，我走在回家的路上。

現在上的補習班是八點半下課。為了趕上九點的試聽，我騎腳踏車狂飆，然後度過充實的兩小時。

此刻的我即將燃燒殆盡。可是，我還不能化成灰，我得趕快回家睡覺啊……就這樣，十一點過後的馬路，只有我猛踩腳踏車。

夜晚的城市十分安靜，一股「詩意」朝我襲來。

沒有人車的道路，我是這個城市的國王。右邊是商店街以及一棟棟熄了燈的大樓。車道的另一邊，面對大樓的是高級住宅區。一眼望去，只見茂密的樹林。豪宅外被高聳的圍牆或籬笆包圍，彷彿要人別輕易靠近。

四周靜得一點聲音都沒有。

心情很好，不過體力就不行了。一連幾天都要補習，我的身體有些吃不消。眼前幽暗中的坡道宛如銅牆鐵壁阻擋我前進，我忍不住嘆了口氣。

不行，不能一直站在這裡，我真的想早點回家睡覺啊！……可惜我已經沒有力氣騎上坡，等會車子大概要用牽的吧？

一部汽車呼嘯過我身旁，是白色的斜背式轎車❽。汽車輕鬆地爬上坡，停在坡頂。坡頂有棟亮著燈的建築物。一個男人從車上下來，手提公事包走進去。附近所有的建築物全都熄燈了，唯獨那棟樓還有燈亮著。

黑暗中看見光明，會讓人打起精神。

好，努力爬上坡頂吧！（但這時候我已經用盡全身力氣，只好牽車了。）

重燃鬥志之後，我緊握龍頭，心想要是在爬上斜坡途中就體力不支的話，就得要隱居山中好好修練了。就這樣，我總算牽著腳踏車來到坡頂。

那棟建築物的燈光照在我身上。這麼晚了，那戶人家到底在做什麼……？

入口處有個看板，寫著「ＤＢＣ」。若是綜合商業大樓，應該會寫出各個樓層有哪些公司，看

❽Hatchback，後車門往上開的汽車。

來這棟樓全部是ＤＢＣ所有

我看著窗戶，許多飛蛾和白蟻呈一直線飛行，就像沿著一根隱形棒飛。更仔細看，大樓周圍有好幾條那種蟲蟲飛過的路線。

對了！小時候奶奶說過：「如果蟲在建築物附近直線飛行的話，絕對不要靠近那棟樓。」至於為什麼不行我倒是忘了，但奶奶說的話一定不會錯。

此時，我感覺到有人的視線。

夾著四線道的高級住宅區，外圍的籬笆——也就是那一叢茂密的樹林對面，有一棟老式洋房。從高度來看，是那棟洋房三樓的窗戶。那裡站著一個可愛的女孩，看起來大我三歲左右。看到她，我腦中浮現「大家閨秀」這個成語（嗯，我國文好像不錯，補習果然有差）。

什麼？你問我那麼晚了，怎麼還看得清楚？

我奶奶得意地說，爺爺以前使用獵槍打山豬時，神準無比；還說我的好視力是遺傳到爺爺。所以，即使暗處我的眼力也比其他人好，可以看到很遠的地方，這是我自豪的小優點。

總之，我看到三樓那個女孩。那畫面彷彿黑暗中，光線從女孩的剪影中透出。及胸的黑色長髮，黑色的洋裝。令我印象最深的是那雙大眼睛，還有銀色的項鍊在胸口閃閃發光。彷彿黑暗森林深處的湖泊，出現了一位美麗的精靈。

「……」

有一段時間我無法思考，只能靜靜望著她。這時，她好像也注意到我，迅速躲到窗簾後。看不見她的身影之後，我還是盯著窗戶發呆。
從大樓走出來的男人，用疑惑的表情看看呆站在原地的我，隨即搭車離去。
這時我才回過神來。嗯，該走了……
我騎上腳踏車。連自己都覺得不可思議，全身竟然充滿力量。
大概不只因為眼前是下坡道，那女孩也是原因之一吧……

第二場　鬼屋怪談

自從在老式洋房看見那女孩後，試聽變得有趣多了。這就是「愛屋及烏」嗎……？嗯，好像用錯成語了。唉！饒了我吧！

補習班下課回來，從坡上往洋房看，她就站在窗邊，看到我之後又害羞地躲起來。總是如此。能看見她的時間，大概不到一分鐘。但是，那一分鐘就讓我覺得很幸福。我給她取了個名字——「小仙女」。

某天放學，很難得不用補習的我，決定去小仙女住的洋房看看。我走在高級住宅區，尋找那棟洋房。手上提著書包，還有路上買來的一束花。

這一帶，佔地廣闊的房子很多。即使如此，小仙女所在的洋房仍然特別大。鐵柵欄圍起來的地，上面種著許多樹木，儼然是都市中突然冒出的森林。我沿著鐵柵欄走，試圖尋找大門。

但是，找到的門鎖著進不去。雖然有地方的鐵柵欄壞掉留著幾個洞，小孩子或許鑽得過去，但對國中生來說太小了一點。壞得稍大一點的破洞則被金屬絲補起來了，看來這個方法是行不通了。

我看著鐵柵欄上方，上頭張著鐵絲網。接著，我左右張望。高級住宅區的道路上，沒有人也沒有車。

我從書包裡拿出體育課用的白色毛巾，上面還繡著某銀行的名字。把毛巾對摺之後，掛在鐵柵欄上方的鐵絲網。

這條毛巾的粗細和厚度都足以支撐我的體重，所以我把毛巾當作繩索爬上鐵柵欄，書包則用制服綁在背上，花束咬在嘴裡，避免在爬行的時候撞壞了。

我從鐵柵欄上跳下去。土地很軟，好像腳都快陷進去一樣，衝擊力不大。

穿過樹木來到洋房的玄關，敲敲那扇大木門……沒有回應。我試著找門鈴，但什麼都沒發現。

我繼續在洋房附近徘徊，走到後門看看，廚房出入口有個電錶。以前創也說過，電錶的正確名稱好像是「記錄型計量器」。（對啦，都是因為創也，害我腦中沒有用的知識愈來愈多……）

「記錄型計量器又分成圓盤式和電子式兩種。」腦中出現的創也，又開始有點臭屁地開講：「圓盤式的電錶利用磁力來測量電流大小。電流通過時，電錶中的線圈會產生磁力，磁力大小與電流呈正比，圓盤的轉數會加快。這種磁力是由『阿雷葛的圓盤』裝置產生。只要測量這個圓盤的轉數，就知道使用了多強的電流……」

我將滔滔不絕的創也趕出腦中，重新整理心情後，看著洋房的電錶。因為有個圓盤，所以這個電錶是圓盤式的吧。

「不是電錶，請稱它為記錄型計量器。」我再次將創也拋諸腦後。

盯著電錶中的圓盤，完全沒動。這代表洋房的電被切掉了。

現代社會中，不使用電幾乎不可能生活。所以我下了結論——這棟洋房沒有人住。

回去之前，我將帶來的花放在玄關。其實我想直接送給小仙女……

帶著寂寞的心情，我來到城堡。

突然非常想喝創也泡的紅茶。而且聽到他的毒舌，應該能轉移我的注意力吧。經過便利商店，買了瓶「萩之名水❾」，今天就請創也用這瓶水泡紅茶。

城堡前的大馬路旁，卓也的黑色休旅車也一如往常停在那裡。站在小巷前，卓也從雜誌中抬起頭來。明明眼睛沒往外看，卻能感覺到有人而抬起頭，真厲害！我向卓也點個頭後走進小巷。

咦？

我停在狹窄小巷的入口。

有一點奇怪喔……小巷裡放置紙箱和鋁門窗，平常都是雜亂無章，但今天看起來卻有點不太一樣。

嗯……我思考其中的原因。創也已經習慣走這條小巷，應該不會被絆倒，可以順利地通過才對。而我，雖然不像創也那麼熟練，但現在也算熟門熟路。

所以說……

有人入侵！

想到這裡，我也不顧衣服被許多物品鉤到，快速衝進入口。一定有除了我和創也之外的某人，通過這條小巷。除了這個可能性之外，我想不出別的。

我伸手握住城堡的大門。平常都上鎖的門，今天卻沒鎖。

沒錯，裡面果然有人！我深呼吸一口氣，慢慢轉開門把。

陰暗的一樓，石灰粉、廢鐵片、建材碎片散亂一地。閉上眼一會兒，讓眼睛習慣黑暗。然後，我彎腰仔細瞧地板上的石灰粉，上面留下比我們都小的腳印，除此之外沒有其他腳印。入侵者似乎只有一人。

我小心翼翼，不發出腳步聲往二樓走。城堡設下許多陷阱來對付入侵者。每一關都是惡劣的創也佈下的。

二樓門一打開，一陣刺鼻的氣味傳來，是Tabasco（墨西哥辣醬）的味道。入侵者似乎中了Tabasco陷阱。我一面同情入侵者，一面往三樓前進。

一走進三樓，火藥味迎面而來，看來入侵者大概中了甩炮陷阱，肯定嚇了一大跳……想到這裡，我就相當同情入侵者。

接著我到達四樓。我索性把耳朵靠在門板上，聽聽門內的動靜。沒有任何奇怪的聲音。

入侵者只有一個人。從腳印來看，比我還小，如果跟他對決會贏……吧？

❾指一種地底湧泉，據說非常好喝。

從書包拿出已經破爛的信用金庫毛巾，澆上寶特瓶的水。手持浸濕的毛巾一角，像鞭子一樣揮舞。咻！很好，準備ＯＫ。

轉動門把。然後，身體壓低等待好時機。

一、二、三！門打開的同時，我翻滾進城堡。手握毛巾擺好姿勢。

首先映入我眼簾的，是坐在沙發上，臉色十分難看的朱利爾。金色的頭髮閃著紅光，應該是Tabasco從頭頂澆下的緣故。不僅如此，連著名私立小學的制服，都濺到Tabasco的紅色污漬。還有一個扁平的屁聲椅墊靜靜地躺在他身旁。

我試著想把現在看到的情形理出頭緒，但創也率先發難：「你進場的方式也太怪了吧。最近流行打開門後，前滾翻進房間嗎？」

他的語氣聽起來諷刺到了極點。

創也在朱利爾面前放下一杯茶，繼續說：「有客人。希望你不要有那種失禮的表現。」

「……」

我看著朱利爾。原來入侵者——創也的說法是「客人」——是朱利爾，而這似乎對創也沒造成任何影響。

我只能默默拍掉身上的灰塵，舉起右手對朱利爾說：「奈死咪久（Nice to meet you）。」然後跟他握手。

朱利爾用我給的濕毛巾擦拭衣服和臉之後，我一副什麼事都沒發生過的模樣，攤開牆角堆積的舊報紙看。嗯，關於日本的股市，嗯……

創也冷靜地觀察我的舉動，說：「內人好像把朱利爾誤當成入侵者。」

對啦對啦，你說得沒錯啦。

創也還是把我當笨蛋似地繼續說：「卓也跟平常一樣坐在車子裡。如果有任何危險入侵者的話，卓也不可能放過他，不是嗎？」

是是是，誠如您所說。

我一屁股坐在創也旁邊，也開始點餐：「我也要紅茶！用這瓶水泡吧。」

創也沉默地站起來，將「萩之名水」裝進撿來的水壺中。

我問喝著紅茶的朱利爾：「你為什麼會來這裡？」

「有話跟你們說。但是，我沒想到你們會這樣對待客人。」眼神中帶點恨意瞪著我。

他是指Tabasco和甩炮的事吧。但是朱利爾，你搞錯了，設下那種卑劣陷阱的人不是我，是那個很難相處的創也啊。

創也泡好我的紅茶，對朱利爾說：「話先說在前頭。我不記得我邀請過你來城堡，是你自己單方面跟我聯絡說要來。我大可以把門鎖起來。光是我沒鎖門這點，你就要覺得感恩。」

「……」朱利爾沉默地聳肩。動作簡直就像外國人，但朱利爾是日本出生的日本人。

「讓我聽聽你來的目的。」創也坐回沙發，蹺起二郎腿。

「既然我說有話跟你們講，當然是有關真人版角色扮演遊戲的事。」朱利爾回答。

真人版角色扮演遊戲——那可是電動或棋盤遊戲望塵莫及的格局，也是創也和傳說中電玩創作者栗井榮太的共同目標。

「我就開門見山地問了。關於真人版角色扮演遊戲，你們進行到什麼程度？」

「……」

創也沒有回答。不，其實是因為他答不出來。老實說，創也目前遭遇瓶頸。

朱利爾將眼神從一言不發的創也身上移到我這裡。我當然無可奉告，只好以微笑代替。朱利爾嘆口氣。然後，從口袋掏出兩張邀請函。

「那是什麼？」創也問，眼神沒有離開朱利爾。

「我們的真人版角色扮演遊戲——『終極ＲＰＧ——ＩＮ塀戶』測試版完成。雖然還是測試版，但我想你們會玩得很開心。」

朱利爾的話中充滿自信。

創也搖搖手指縫中的邀請函，說：「送來未完成遊戲的邀請函——太有自信了吧？」

「神宮寺也和我一樣有自信。」

朱利爾這麼一說，創也的表情瞬間變了。

之前，受到栗井榮太的邀請，我們到「電玩聖殿」去。在那裡，和栗井榮太一決勝負而獲得勝利的我們，總算能完成長年的願望：「讓栗井榮太知道我們的厲害。」

那時，創也還對他們放話：「就以這個城市為舞台，我和內人會創作出比栗井榮太更優秀的真人版角色扮演遊戲。」（請特別注意，他說的是「我和內人」。）

「神宮寺對於你們撂下的狠話，自尊心似乎受損得很嚴重。所以他才會這麼慎重，要我拿測試版的邀請函來。」朱利爾捧著茶杯繼續說：「不過測試版終究是測試版。我也說過，與其拿這種東西給你們玩，倒不如趕快完成比較好。」

「那我把邀請函還你，請你趕快回去完成工作。」

放在桌上的邀請函，創也將它推向朱利爾。

但是，朱利爾並沒有收下的打算。

「之所以要讓你們看看測試版，自有我們的理由。」

「說來聽聽。」

「為了讓你們看測試版，我們即使再不耐煩也要把它完成。我們這些人，以公主為首，全是沒有設定期限就不會做事的人。」朱利爾苦笑。

公主——指的是冒險作家鷲尾麗亞小姐。

嗯，如果是她，的確沒設定截稿日就不會工作……（但我看就算有，也不見得會完成……）

「有專業玩家來測試，才算創作遊戲。有你們來體驗栗井榮太的真人版角色扮演遊戲，我們才能得到真正試玩的數據。」

「換句話說，我們是你們創作出完成品的重要實驗品囉？」

「不，栗井榮太並沒有把你們看得如此重要。充其量只是兩隻白老鼠而已。」

看不見的火花，在朱利爾和創也之間飛舞。現場的氣氛凝重到連一旁觀戰的我都快停止呼吸。

「關於『終極ＲＰＧ——ＩＮ塀戶』，要不要我稍微跟你們說明？」朱利爾開口。

創也出手制止他說：「不，我認為沒有必要。栗井榮太創作的遊戲，應該不會少了說明就不好玩。」

聽到這句話，朱利爾不懷好意地笑著說：「那就期待你們的到來。」

說完，他從沙發上站起來。他一度背對著我們，開門前又轉過身，一口喝光杯裡的紅茶。

「我並不期待你們的真人版角色扮演遊戲，但紅茶的味道真不賴。」

說完，朱利爾就離開了。

第三場　前進斑駁屋

城堡只剩我和創也。

創也一句話都不說，神情不悅地盯著紅茶杯。我從口袋拿出橡皮筋，套上手指對準創也發射。

啪！

「……」創也無言地白了我一眼。

我拍拍他的肩膀說：「哎呀，創也你也長大了啊。朱利爾說話那麼討人厭，你都不生氣耶！」

「哼！」

創也拿著茶杯，走向可攜式瓦斯爐。我也把自己的茶杯放在那裡。

「……」

創也當時好像想說些什麼，但只替我沖了紅茶。

坐回沙發時，他才開口：「朱利爾說的話確實很討人厭。但我沒資格生氣，因為他說得沒錯。」創也喃喃自語：「事實上，我們的真人版角色扮演遊戲確實遇到了瓶頸，對於栗井榮太的存在，也令我們焦慮。」

「……」

創也低頭，我在他面前伸出手指。

「創也……」

「嗯？」創也抬頭，我用手指彈他的額頭。

「很痛耶！」創也撫著額頭。

我抓住他胸口的衣領。

「你說那什麼洩氣話啊?!一點都不像你！你是龍王創也啊！冷血毒舌派、個性和嘴巴都壞，可是對於創作遊戲你可一點都不想認輸！」

「……你的國文成績，應該不太好吧。」創也眼中含淚，試圖撥開我的手，說：「『毒舌派』跟『嘴巴壞』意思一樣。」

我放開創也的衣領，說：「有自信一點！你不是要創作出最優秀的遊戲嗎？」

這時，只見創也喚了我一聲「內人」，隨即伸出手指，出其不意往我額頭彈。

哼，創也彈得根本不痛不癢。（可是為什麼我還是眼眶泛淚？）

創也說：「我要糾正你剛說的話。創作出最優秀的遊戲的人，不是我。」

這傢伙又要說洩氣的話了，我握緊拳頭。

這時，創也笑一笑，說：「創作出最優秀的遊戲的人，不是我。是我們。」

我鬆開緊握的拳頭。

對，沒錯。這不是創也一個人的問題而已，是我們的問題。

我伸出手整整創也的衣領，對他說：「不好意思，竟然彈你額頭。」

「沒關係。完全不痛。」

騙人，明明眼眶就含著淚水。

這下我稍微放心了。這樣逞強的他，代表創也還是原來的創也。

「那遊戲製作這方面還順利嗎？」我喝了一口紅茶後問。

「並沒有，」創也的聲音黯淡下來：「老實說，現正面臨困擾的狀態。仔細思考過後發現，要度過此難關，光靠我一人的力量是不夠的。」

然後他看著我說：「內人，我需要你的幫助。」

……我，被感動了。這是第一次，創也直接開口向我求助。

我拍拍創也肩膀：「有需要儘管開口吧！為了完成我們的遊戲，任何事情我都做。」

對於我的回答，創也開心地點頭：「那我就不客氣了。首先——遊戲資金不足。」

什麼嘛，是那種事喔……

等等，很奇怪耶！創也是龍王集團的繼承人，想要錢的話，應該隨便都能拿到開個小公司左右的資金。

我說出我的想法，創也臉色十分不悅。

「你似乎還不了解。我完全不想依靠龍王集團。」創也挺起胸膛，說：「你不覺得靠自己的力量成功，比較有成就感？」

嗯，也對。我也樂意協助你。

「嗯，大概需要多少？兩千圓，不，三千圓以內我都可以出。」

聽到我的回答，創也皺著眉頭說：「很感謝你的熱心，不過還少了三位數。」

我自動在腦中將三千後面多加三個零——三百萬?!

對一個普通國中生的我而言，簡直就是天文數字。

「大部分的資金，是從之前構思一些遊戲的著作權得來，也有不少是股票的股利。但是我怎麼想，都覺得少了三百萬。」

創也的聲音，彷彿從遠方傳來。三和許多零在我腦中盤旋。

「沒辦法，那一大筆金額。撇開你不算，我只是個平凡的國中生啊！」我說。

「三百萬對普通國中生的我們來說，的確是筆大數目。」創也說這句話的時候還特別強調「我們」。

「可是，天無絕人之路！好事來了！」

創也微笑。我全身細胞都發出「危險！危險！」的緊急訊號。到現在為止，拜這個微笑之賜，我不知歷經多少苦難……

創也絲毫不在意我的反應，逕自將一疊文件丟在我面前。第一頁寫著「日本電視台企劃會議用資料」，下面有排小字，寫著「負責人：堀越D及二十六位有趣的部下」。看了這些文字，我腦中的緊急訊號發出最大音量。

關於堀越先生，我有必要做個介紹。

堀越導播是個收視率至上的電視人。本壘板臉配上黑框眼鏡，年紀大約四十五歲左右；但那開心的笑臉，看起來就像個國中生。堀越導播有二十六位部下，分別以A到Z二十六個英文字母命名。在收視率至上、而且熱中有趣事物的堀越導播指揮下，他們還是能完成工作，我覺得相當佩服。

而且，堀越導播的女兒——堀越美晴，跟我們同班。我喜歡她，她喜歡創也；可是創也說只把她當同班同學，我們三個人之間形成一種奇妙的關係。

話說回來。我從文件中抬頭望著創也。腦中的緊急訊號仍舊嗡嗡作響。

「這是什麼？」

創也嘆口氣望著我，只差沒說出「理解力真差」。

「節目改組期間的特別節目企劃書。堀越導播直接來拜託我，希望能協助節目拍攝。」

「……」

「國中生不能打工。所以，金額雖然不多，但能領到錢的工作，就要好好珍惜。」創也微笑。

我問了我最在乎的一件事：「你該不會也把我算在內吧？」

創也理所當然地點頭。

「為什麼？」我問。

「剛剛不是說了?為了完成『我們』的遊戲，需要資金。而賺取資金當然是『我們』的工作。」

「……」

「我賺的錢是我們的。你賺的錢，當然也是我們的——Do you understand?」

收到。即使不想了解也得了解啊，唉!之前讀過的漫畫，好像也出現類似的情節……真是的，拿他沒轍啊……

我癱坐在沙發上。決定跟隨創也追尋他的夢想的人，是我。變成這樣，只能說是孽緣。

「節目內容呢?」我問捧著企劃書的創也。

「簡單來說，就是到處都有的鬼屋探險。」創也一面翻閱企劃書，一面回答。

鬼屋，真的是到處都有嗎……?我歪著頭，創也沒有理會繼續說。

「總之類似連續劇的紀實節目，節目名稱是『堀越D的鬼屋GO!仔隊』。順帶一提，D上面註有『Director（導播）』的字樣。」

「……」

紀實節目就是實境節目。把這種節目當連續劇拍嗎……?

「也就是說，情節設計好加以演出。」針對我的疑問，創也立刻回答。

我再問:「可是，實際發生的事情直接拍攝下來才算紀實節目吧?」

創也點頭。

「加上設計好的情節，就不能稱作紀實節目了，不是嗎？」

「噓！」創也手指抵著嘴唇。

「不能講出來，這是最高機密。」

我懾服於創也的魄力。

「而且，你以為『實際發生的事情直接拍攝下來』能滿足那個收視率至上的堀越導播嗎？」創也問。

絕對不行。可是……

「那不就變成『作弊節目』了嗎？」

「放心，節目名稱不是標上『堀越導播』了嗎？有堀越導播的名字，就代表『當然是作弊！不爽就放馬過來』。」

這樣好嗎……？

「而且，節目開頭和結尾都會打上『本節目純屬虛構，與實際的人物、地名、團體沒有任何關係』的字幕。」

真的好嗎……？

我是不太了解，但創也的腦中對整件事已有完整詳盡的了解。他毫無顧忌繼續說明：「高級住宅區的坡上，有一棟老式洋房。『斑駁屋』聽過沒？」

我搖頭，表示從未聽過。

「這是斑駁屋的照片。」

創也將一張從網路上抓下來的照片放在桌上。

從樹叢間往上照的洋房。背景是晴朗無雲的藍天，但卻彌漫著一股陰暗的氣息。好像電影「驚魂記」⑩的海報。原來如此，難怪會被稱作「鬼屋」——不過，我總覺得這棟洋房很熟悉。

嗯？為什麼會感到熟悉？

不多久我便明白。這就是在我試聽完回家的路上，一直盯著看的洋房——小仙女的洋房。

「創也，我要修正剛才說過的話。我雖然沒聽過『斑駁屋』，但我去過。」

「是嗎。你去那裡幹嘛？」

嗯，要怎麼說才好……於是我說出試聽完回家路上看到小仙女的事情。

「——所以說，你想見一見小仙女，而去了『斑駁屋』？」

創也的眼神彷彿梅雨季滿佈烏雲的天空深不可測。

我雙手猛揮，否認說：「並不是特別為了小仙女啦！只不過看到這麼大的洋房，就想進去參觀參觀罷了……」

「那你為什麼要帶花去？」

「你怎麼知道我帶花?!」我不經意一喊。

⑩一九六〇年希區考克的電影「Psycho」，改編自Robert Bloch的同名小說，描寫精神病患殺手的驚悚情節，據說是基於真實犯罪所寫下的故事。電影中淋浴時發生的血腥場景至今仍為經典的一幕。

這時，創也驚訝地倒吸一口氣，說：「以你的性格來推斷，去女孩子家拜訪時應該會帶束花。沒想到真被我料中了……」

「……」

我輸了。我真後悔自己個性這麼率真。像我這樣正直的人，老是被創也這種奸臣玩弄在手掌心上。

但是，斑駁屋被稱為鬼屋……

「你所看到的小仙女，恐怕不存在在這個世上。」

「……」

我一句話都說不出來，此刻的心情與其說是害怕，更感到寂寞。

不理會我脆弱的心情，粗枝大葉的創也淡淡地說：「對熱中於研究刑事案件的人來說，斑駁屋可是基本常識。」

創也坐在椅子上蹺起二郎腿。模樣像極了說明事件始末的名偵探。

「這個名字開始在世間廣泛流傳，始於明治[11]後期左右。」

「為什麼會在世間廣為流傳？」

「那棟房子裡，發生了大量的殺人事件。」創也不假思索地回答，語氣十分輕鬆：「屍體全被斬頭，使用的兇器就是屋主代代相傳的妖刀——『斑雅』。當時房子裡共有十人，但一個接一個被殺後，只剩四個人。」

創也解釋得相當詳細。

我問：「那可以確定嫌犯為房子裡的其中一人。為什麼沒把他抓起來？」

創也沉默地聳聳肩，說：「因為是以前發生的事，當時狀況我也不太清楚，也不好多說什麼。」創也的話聽起來有些遺憾，彷彿若當時他在場，肯定能將兇手繩之以法。

「五年後，發生了另一起案件。這個案子我想你也還記憶猶新吧……」

我閉上眼，聳聳肩，說：「創也同學，五年前我才小學三年級。是比起看新聞看報紙，更熱中於漫畫的時期。」（仔細想想，現在還是很熱中……）

「是嗎？當時我可是很興奮地看著事件發生的經過。」

是喔……那麼小就只看殘酷的新聞，所以才造成人格扭曲啊……可憐的傢伙。

「有話想說的話，我希望你直接說。」創也看著我的眼神尖銳到不行。

「當時，斑駁屋有五個人在場。那五個人跟之前一樣，一個接一個被殺。」他繼續說

「跟之前一樣……？」我手支著頭問。

創也點頭，繼續說明。早知道不問了。

「而且，使用的兇器仍然是妖刀『斑雅』。這起事件，連ＩＣＰＯ都出動了，卻還是沒有結果。」創也說。

⓫明治天皇在位時期，年號「明治」，期間為一八六八年至一九一二年左右。

「ＩＣＰＯ……為什麼世界衛生組織要來？」

「ＩＣＰＯ是國際刑警組織，世界衛生組織是ＷＨＯ。」創也的眼神冷得像冰。

「嗯，也對。」我打算矇混過去，所幸創也沒有進一步追究。

「之後就謠傳：凡是進去斑駁屋的人都會被詛咒。所以那裡就成為有名的靈異景點。」

創也接著掏出一張紙，是從靈異現象和恐怖體驗網頁列印出來的文字。

這是我在大學聽到的事情。

某個大學生社團到斑駁屋試膽。大家知道斑駁屋嗎？就是過去發生兩次大量殺人事件的洋房。

這間洋房採用高硬度玻璃的鐵窗，構造十分堅固。不像一般的鬼屋，沒有荒廢感。因此，試膽的學生也沒有進去房子裡，只在外面徘徊。這時，從建築物裡頭傳來一陣低沉的呻吟聲，就像從地獄深處傳來……被斬頭者臨終前的嘶吼……

學生們穿過壞掉的鐵柵欄，飛奔到停在門口的車裡，加速逃離現場。

但是，這群學生卻無法逃出斑駁屋的詛咒。

開了一會兒，車速開始減緩。一陣搖晃過後車子停住。恰好卡在平交道正中央……

一輛特快車逼近。學生們慌慌張張地想逃，可是車門卻打不開。

特快車把車子輾得粉碎。當列車停住時，已超過平交道兩百公尺。事故現場發現已成一堆廢鐵的車子，還有全體學生的屍體。每具屍體的頭都被切斷，最不可思議的，不管怎麼找，就是找不到學生們的頭。

「可信度不高的一則留言。但這輛火車發生事故是事實，警方有紀錄。」創也說。

我問：「為什麼說可信度不高？」

「這上面不是寫說，全體學生都死光了？那麼，屋子裡傳來的呻吟聲，還有車子的速度開始減緩等等，又是誰說的？」原來如此，很有道理。

「而且根據警方的資料顯示，沒有人死傷。有事實根據的只有大學生去斑駁屋試膽，還有車子在平交道被撞爛。這種都市傳說在口耳相傳之下，難免會被加油添醋，所以一定要查明確切的真相。」創也說。

他的口氣聽來像大學教授。

「另外，還有房子地基的樹木愈來愈矮的說法。」

「那是真的嗎？」

對此，創也聳聳肩。「很難說。網路上說有兩兄弟看到，可是無法證實。」

……喔。但無論如何，樹都不可能愈長愈矮。創也說的一番話讓我毛骨悚然。我決定轉換氣氛，對創也說：「可以再來一杯紅茶嗎？」

創也沒說話，默默泡了兩人份的紅茶。然後，坐在我面前以杯就口啜著茶。我也端起熱呼呼的杯子，嗯，還是創也泡的紅茶好喝。我恐懼的心情這才漸漸安定下來。

在平靜的氣氛裡，我開口說：「欸，出外景時我們需要做什麼？幫工作人員的忙？」

只見創也搖搖手指。「和堀越導播一起去鬼屋探險，扮演國中生的角色。」

「──所以說，會上電視？」

創也點頭……糟糕。（我想著想著，表情就變得不太自然。）

呃，首先要聯絡所有親戚，用錄影機以標準模式錄下來……不，這個時代大家早就用DVD錄了。不去理髮店可能比較好，就用自然的髮型一決勝負。對了，創也能上電視嗎？本人雖然說沒關係，但他是龍王集團的繼承人耶！創也在媒體上露臉，會增加被綁架的危險度，龍王集團不就會以這個為理由，下令節目停止播出嗎？

我向創也提出這個疑問，他回答：「放心。工作人員說會幫我化妝，讓人認不出來是我。」然後他翻開企劃書，告訴我角色分配：「登場的國中生中，一個是『時常冷靜有條理的思考』型。另一個是『因害怕而大吼大叫』型。」

「了解。冷靜有條理的國中生嗎……好，我現在開始努力揣摩。」

說完，創也的手背往我胸口一打⑫。

「你愈來愈會裝傻啦？不好意思，我可不想和你組相聲團體。」他說。

「咦？那時常冷靜有條理的國中生是誰？」

創也手指著自己，說：「當然是我囉！」

「那『因害怕而大吼大叫』的國中生……」

創也的手指向我：「那就是你啊！」

「我不要！」好不容易上電視，卻要當襯托創也的角色！那樣的話，DVD錄放影機也沒有用武之地。

「你的意思是不做這份工作嗎？」

我用力點頭。

「是喔……那也沒辦法了。」創也說得很輕鬆。

「真遺憾，那我只好自己和堀越美晴同學一起演出了。」創也補充說明。

堀越美晴？我的耳朵動了一下。

「為什麼有她？」

「剛才我忘了說，這個節目缺了一個怕鬼的女孩子的角色。美晴被她爸拜託，協助拍攝節目。」創也說。

「……」

創也繼續翻著企劃書，說：「根據企劃書上寫，好像有一幕，那個因害怕而大吼大叫的國中生，最後戰勝恐懼，成功保護女孩子。」

⑫日本的雙口相聲或搞笑表演中，其中一個人會扮傻，另一個人就負責吐槽，吐槽時的標準動作就是用手背拍打對方胸口。

「……」

「女生應該會感動吧。膽小的男生為了保護自己，克服害怕的心理。我想觀眾也會感動的。」

「……」

「不過，如果你不參加的話，即使不願意，我還是會接受我的角色。」創也說。

我從他手上搶過企劃書，「因害怕而大吼大叫嘛！好啦！我知道了。從今天開始，我盡力扮演好角色。星期六上午十點，在日本電視台門口集合……因為拍攝工作會持續到星期天凌晨，我要想個理由瞞家人。繼續用在創也家唸書這個理由可以吧？」

我看著創也，他表情複雜地回視。

我不管他繼續說：「好，要開始忙囉。那到時候見啦！」

創也將手搭在我肩上，有感而發地說：「我覺得你一定會很長壽。」

哎唷，這樣說我會不好意思啦~

第四場　實境節目開拍！

到了星期六。

走出車站，我們往日本電視台前進。天空烏雲密佈，一片灰暗，感覺隨時都會下雨。

「很適合去鬼屋探險的天氣嘛。」創也看來頗開心。

我不禁感到佩服，說：「這種爛天氣，你心情也好得起來？」

創也回答：「你對我的認識太膚淺。更陰暗的狀況我都能忍受，我是不會為這種天氣而心情低落的。」

我看了看創也後面，結果看見他身後有股比烏雲還陰暗的氣氛——是卓也。

「……卓也，今天也麻煩你了。」

不知道有沒有聽到我的招呼，卓也自言自語，說：「今天有臨時保母的面試。我履歷表都準備好了，還跑去理髮店……」後面的話他愈說愈小聲，幾乎聽不到了。

「所以我不是叫你不用跟來嗎？我會跟龍王集團的高層報告，卓也一直在我身邊。」

創也說完，卓也一臉可悲地搖搖頭，說：「要我說謊，我會自己遞出辭呈。董事長特別叮囑我，要我小心注意不讓創也少爺的身分曝光。既然接受了命令，我就會努力做到。」

卓也的聲音聽來十分陰沉。現在的天空跟卓也的聲音比起來都還算是晴朗的。在沉重的氣氛

下，我們到達日本電視台後門。保全看過堀越導播給的出入許可證後，我們順利進入電視台。

搬放器材的地方停著一輛外景巴士，車身寫著大大的「日本電視台　堀越組」。巴士附近有五個男人，身上穿著螢光綠的工作服。制服背面寫著「堀越組」，下面是一個英文字母。

我們打了招呼後，背號「A」的男人開朗地回應。這個人是A先生。

「我們聽導播提過了。對第一次參加的人來說，可能會覺得滿累的，加油囉！」梳著標準西裝頭的A先生溫柔地說。

對我們國中生也如此客氣，肯定是好人。他給的名片上寫著AD（助理導播）。感覺上，A先生應該是「二十六個有趣的部下」的頭頭。

站在他旁邊的是Y先生。他把長長的劉海捲在手指上，那個動作總讓人覺得他的個性有點神經質。

檢查器材的是攝影師U先生和音效師I先生。U先生體格壯碩，跟他聊過之後才知道他在練柔道，因為扛攝影機跑來跑去要有相當的體力。I先生是五個人中最高的一個。不只手腳，臉也長。I先生拿起長棍般的麥克風，就像起重機的效果一樣。

另外，離大家有點遠、站在向陽處的是O先生。他頂著一頭蓬鬆的鬈髮，讓人聯想到蒲公英；跟他打招呼，他也僅微微一笑而已，是個穩重的人。

卓也看看這五個人，毫不避諱地說出他的感想：「都是些有個性的人。」要我來說的話，我覺得卓也才是超有個性……

「感謝大家準時出席。」

戴著大墨鏡的堀越導播出現。他披著白色羊毛衣，渾身散發娛樂人的氣息。

堀越美晴半遮半掩地跟在後面。因為穿便服，看來跟平常不太一樣。她穿制服可愛，穿便服也美麗。噢！還好有帶即可拍。

「妳好，堀越。」我溫和地向她問好。

堀越也笑著回應：「龍王同學、內藤同學，你們好。」（她居然先叫創也！不過這是小事啦，唉！）

看到堀越美晴的臉後，我原本灰暗的情緒一掃而空。從現在到外景結束，都能跟堀越在一起了。（這時創也、卓也、所有工作人員的臉，徹底消失在我腦中。）我此刻的心情簡直像要去校外教學。噢！還好有帶即可拍！

「堀越，我幫妳拍張照片。」我從口袋拿出相機。

堀越露出笑容。我看到她笑，也自然地跟著笑起來。

「要拍好看一點喔！」

堀越站在創也旁邊，表情有些害羞。我的笑容瞬間凝結。

「……要照了喔。」按下快門。

後來，創也伸手拿走相機，說：「這次換我照。」

創也將相機對準堀越。堀越擺好姿勢跟笑臉。

我等堀越站到身邊，但她沒有。

「不如意的事十常八九，以後一定會有好事發生的。」創也還相機時，還不忘拍拍我肩膀這麼說。

……才不會輸給你哩！

我整頓心情重新出發。雖然有創也這個電燈泡，不過到收工前，都能跟堀越共處，這個事實不會改變。對，要開心地過！

「就是這樣。」創也激勵我。

「話說回來，你把刀子放在哪裡？」

耶，刀子？

當我回答沒帶時，創也慌張地說：「為什麼不帶來！你不是一向準備得很周到嗎？沒刀子，你要怎麼野外求生？」

……這傢伙，難道不知道我的厲害嗎？

我伸手架住創也的脖子說：「喂，堀越在這裡耶！和女孩子約會還帶刀子，我可不是那麼沒常識的人。」

這時，創也迅速回嘴：「堀越也在這裡沒錯，但她也只是單純『在這裡』，跟你說的『約會』一點關係都沒有。」

我最討厭聰明的傢伙啦！

一共十個人搭乘巴士出發。我想坐堀越旁邊，不過被堀越導播一瞪，只能放棄。

開車的是Y先生。好像所有雜項都由Y先生包辦。

「今天參加錄影的只有五個人。」A先生向我們說明，「『二十六個有趣的部下』分成兩組——Mirror小組與Anti Mirror小組。首先，堀越導播從Mirror小組中的母隊選出四人。剩下一位則是自願參加節目拍攝的。」

創也一面聽一面點頭。我雖然不太懂A先生的說明，但還是學創也點頭。

巴士一開始移動，堀越導播立刻拿起麥克風。我以為是拍攝前的小會議或講解注意事項，結果……

「一號、堀越，為您帶來這首〈花樣ＤＪ〉！」他居然唱起卡拉ＯＫ。

U先生拿起家庭式攝影機拍攝。

「拍節目時也用這個拍嗎？」我小聲地問I先生。

「怎麼可能！這只是私人攝影機。慶功宴時放給大家看，炒熱現場氣氛用的。」

是喔……堀越組的成員，似乎都很樂在工作。

在我深感佩服之中，歌曲一首接一首播放。穩重的O先生竟然唱重搖滾還加手勢，真的嚇了我一大跳。

我、創也、堀越國中生三人組，完全跟不上工作人員的超high情緒。

途中開始下起雨來，不過專心演唱卡拉ＯＫ的人們好像沒注意到。
外景巴士通過商店街。不久，駛入住宅區，爬上坡，在一扇大門前停住。
門內種植許多茂密的樹木，彷彿一座小森林。樹與樹之間看得到一棟大洋房，就是斑駁屋。
雨打在車窗上，透過車窗我直盯洋房三樓，心裡默默懷著希望——小仙女在的話該有多好……

全身濕透的Ｙ先生打開大門又跑回來。
堀越導播以不輸給雨聲的超大音量下指令：「巴士停在玄關旁邊，把道具搬進屋裡。」
我們小心翼翼地搬道具，不讓雨淋濕。因為錄音器材、服裝、化妝用具等，都是Ｉ先生和Ｏ先生在搬，我和創也幫忙Ｙ先生，搬一些不知用來幹嘛的箱子，還有裝食物的紙箱。慌慌張張地搬完之後，終於可以喘一口氣。
我拿著堀越美晴遞來的手帕擦拭頭上的雨滴（雖然她先拿給創也），左右看看玄關。黑暗中，一根碩大的柱子浮在眼前，天花板上的樑是圓木，看得出來屬西式建築，可是處處都充滿濃濃和風。
雖然正值中午，但因為下雨，房子裡很昏暗。
「沒有電嗎？」創也問堀越導播。
「完全被切掉。不過我們帶了發電裝置。請安心。」堀越導播愉快地回答。表情看來像遇上颱風天停電興奮不已的小學生。

Y先生從器材中找出發電裝置。房子角落配置檯燈，玄關變得相當明亮。

「一個人一個，請帶在身上。」Y先生發手電筒給大家。

我立刻點亮手電筒，四處照照。我本來以為沒人住的話，房子應該會很凌亂，結果卻意外地乾淨。雖然積了一些灰塵，牆角還掛著蜘蛛網，不過窗戶玻璃完好無缺。創也拿檯燈照蜘蛛網，似乎在想什麼，也許對有錢人家的創也來說，蜘蛛網是罕見的東西。我也拿手電筒照蜘蛛網。原來如此，的確很罕見。照理說，蜘蛛結網的形狀有一定的規律，但這個蜘蛛網卻呈現不規則的形狀，好像喝醉酒的蜘蛛結的網。

「我偏不照規矩來！我要自由自在隨便結網！」看著這個蜘蛛網，我彷彿看到一隻抱著酒瓶的蜘蛛咆哮。

對了，關於這種不規則的蜘蛛網，奶奶之前有說過……說過什麼呢？

遇到不懂的事情，只好請教創也：「創也……那個什麼……就那個啊～」

這時，創也的臉色十分不悅，說：「你頭腦老化得很嚴重喔！光說『那個』我怎麼知道你在說什麼？」

我手指著蜘蛛網說：「你看那張蜘蛛網，是不是織得亂七八糟？以前，我奶奶看到那種蜘蛛網，說了一些話。但是我想不起來。」

「嗯……」創也雙手抱胸，「我也注意到了。以前在書上讀過，蜘蛛結網不規則的原因……」

「書裡怎麼說？」

「……我現在努力地回想。」

是是是，非常時期卻派不上用場的傢伙。

「還好只有蜘蛛。如果是蟑螂或蜈蚣的話，就一定要用殺蟲劑。」U先生把放進箱子的殺蟲劑拿給我們看。

堀越導播和A先生事先討論後，將我們召集過去，宣布：「吃過午飯後，我們就開始正式錄影，在那之前皆屬自由時間。」然後，從胸口拿出橘色的哨子，「聽到這個哨音，就是午飯時刻。請到玄關集合。」

此時的堀越導播，和帶領學生去遠足的老師沒兩樣。

既然是自由時間，我以為工作人員會休息，結果我完全猜錯了。他們分別組裝機器，忙碌地走來走去，因為自己的工作準備要利用休息時間完成——堀越組的成員都有這樣的專業意識。

因為我們沒事可做，就去問堀越導播需不需要幫忙。

導播說：「那就把這個先看一遍吧。」

他給我們一本寫著「堀越D的鬼屋GO！仔隊」的小本子。翻開一看，裡面詳細寫著台詞。這個節目真的是紀實節目嗎？

我們歪著頭，堀越導播接著為我們說明：「基本概念是，堀越導播和少男少女一起去有好兄弟出沒的鬼屋探險。你們的首要任務，就是要將恐懼緊張的感覺傳達給電視機前的觀眾。」我們在不妨礙大家行動的地方，讀著堀越導播給的手冊，

「內人，你看到的小仙女在哪一間房間，你知道嗎？」創也問。

我想了一下。這陣子試聽完回家的路，那個方向是看得到滿月的，所以斑駁屋前的坡道應該是朝著西邊往上延伸；也就是說，小仙女的房間朝北。還有，這玄關面朝南，所以只要往裡面走，就會看到小仙女的房間。

我把自己的想法告訴創也，他思考了一下，問我：「為什麼你會認為玄關面朝南？」

我竟然知道創也不懂的事。我得意地說：「很簡單。我剛才觀察過門到玄關之間的樹葉，南邊的樹葉會比北邊的樹葉更茂密，創也你應該知道吧。」嗯，這種傲慢的台詞，果然適合用創也的語氣說。

「……門口到玄關那麼短的時間，你也注意得到？」我點頭，創也驚訝地嘆氣：「你究竟在什麼樣的環境中長大啊？有時間的話，你可要好好說給我聽。」

……這是讚美嗎？

我和創也拿著手電筒，正想走出玄關，堀越美晴叫住我們。

「喂，龍王同學、內藤同學。你們要去哪？」

「噢，因為內人看到在這間屋子……」

我從背後遮住創也的嘴，靠在他耳邊小聲地說：「你想說什麼？」

「我要告訴她我們想去找你在這間屋子看到的漂亮姊姊。為了見那位漂亮姊姊，內人很努力地試聽，還帶花來給她。而且，他還叫那個漂亮姊姊『小仙女』。」創也說。

「我什麼時候說過我努力試聽是為了見漂亮姊姊？」

「不好意思，這是我揣測你的心理得出的結論。」

不要隨便揣測別人的心思！而且被說中，無法反駁，讓我十分懊惱。

我仍舊遮住創也的嘴，對堀越說：「之前經過洋房外面時，看到一間很棒的房間，所以想利用這機會去瞧瞧。」

創也的嘴巴被我摀著，還硬要小聲地說：「大騙子。」

「有那麼棒的房間嗎？我也想看。」堀越的眼睛閃閃發亮。

「那就一起去吧。」說完，我放開創也。創也似乎想說什麼，卻沒有開口。

我們三人走出玄關，卓也緊緊跟隨。

「卓也，你也要去嗎？」創也的聲音沒有抑揚頓挫。

「我的工作是保護創也少爺。」

「……」

於是，我們一行四人往斑駁屋裡面走去。

第五場　尋找小仙女

走出玄關，我們在走廊上往前直行。走廊盡頭有個樓梯，階梯不只往上，也有往下的，顯然還有地下室。

因為斷電以及雨天的緣故，洋房內有些陰暗。我們拿手電筒慎重地照腳邊，一面往上爬。

「二樓？還是三樓？」創也問，我指指階梯上方。

爬到三樓，左右兩邊都有走廊。走廊兩側各有五間房。

我們一一確認北邊的房間。不論哪個房間，家具上都覆蓋著白布，窗戶緊緊關著，沒有使用的地方積了不少灰塵。從每個房間的窗戶往外看，所有窗戶都裝有堅固的鐵窗。

「這間斑駁屋沒有人住。所以即使我們去找小仙女的房間也沒用，不是嗎？」一邊確認房間，我跟創也說。

創也沒有停止用手電筒檢查，問我：「你真的看見那個女生了吧？」

我點頭。

「既然如此，那個人確實住在斑駁屋。問題來了，沒有人住的斑駁屋，她在這幹什麼呢？你也想知道吧！」

我覺得有些不可置信，問他：「創也，你真的認為小仙女在斑駁屋嗎？」

創也點頭，說：「我相信你的眼睛。」

嗯……這麼相信我，讓我壓力很大。

「而且，有人躲在這棟建築物。這點是千真萬確。」

「為什麼那麼肯定？」

此時，創也沒有回答，只是微微一笑。那是惡作劇小鬼的笑容。我知道，但現在不告訴你——他的表情傳達出這樣的訊息。

「到底在這棟斷電的洋房裡做什麼呢？」創也聽起來很興奮。從他的聲音我可以感覺得到，那是發現有趣事物的喜悅。然而，以至今的經驗判斷，我知道這是危險的徵兆。好奇心即將塞爆創也的腦袋，使他變身為奮不顧身的「魯莽男」！

我一定要自保！

懷著不安的心情，我們一個一個檢查房間。最後，終於找到了。

走進裡面，從窗戶看樹叢對面的道路和大樓。沒錯。我就是站在那棟大樓，抬頭往這個窗戶看。我望著窗外。

「小仙女就是在這個房間嗎？」創也在我背後問。

「什麼、什麼？小仙女？你們在說什麼？」堀越美晴天真無邪地問。

創也試圖說明小仙女的事情，我將他嘴摀住：「沒有啦……我覺得，這棟洋房很像小仙女會出沒的地方啊，感覺跟幻想小說出現的情景一樣。堀越，妳也這麼覺得吧？」我哈哈哈地大笑。

創也瞪著我說：「內人還真是個浪漫主義者啊……」語氣還帶著強烈的諷刺。

「話說回來，怎麼如此熱鬧。」創也看著窗外說。他說得沒錯。對面大樓前停著警車，紅色的警燈一閃一閃。

「好像出事了……」這時，一直默默在我們身後的卓也突然開口：「那是DBC大樓。」

「DBC……大樓看板的確有寫，好像預防針的名稱喔。」

「先生，你該不會想成『BCG』⑬了吧……」創也說。

「那棟大樓是DBC。簡單來說，是蒐集各種情報加以管理的公司。」我和堀越一邊微笑一邊聽創也解說。因為我們對創也所說的東西完全不了解，所以只好報以微笑。

「換句話，就像資訊銀行。銀行利用儲金來賺錢，同樣地，DBC利用各種資訊來獲取利益。」我和堀越還是微笑，完全聽不懂。

運用情報真的能賺錢嗎？

這時創也帶著可悲的眼神看我。「瞧不起內藤內人計量器」的指針，搖擺到紅色警戒區。

「你似乎完全不懂資訊對現代社會的價值。我來告訴你以下的例子，」丟出這樣的開場白後，卓也開始說：「某個駭客集團侵入網路商店，盜取顧客的個人資料。」

「顧客的個人資料？」簡直像在繞口令，我重複時特別注意不讓舌頭打結。

「會員編號、商品購買日期、購買時間、商品編號、數量、金額、商品資訊、電話號碼、生日、卡號……等等的資料。」

嗯。但是，知道這些能做什麼？

「駭客集團把情報賣給了黑道。順帶一提，一個人份的情報價錢大約是這樣。」卓也伸出一根手指。

十圓……不，應該沒那麼便宜。一百圓吧？難道是一千圓？

「一人份，一萬圓。」卓也說出一個令我吃驚的數字。

「一、一萬圓?!付那麼多錢，反而虧大了不是！」我說。

創也深深嘆一口氣。「如果這世上只存在你這種人的話，就不會有任何犯罪行為了。」

什麼意思啊？

我瞪著創也，他無視於我的存在，說：「讓我來告訴你如何用那些情報賺錢。首先，看卡號的前四碼，從那些號碼來判斷是否為金卡。如果是金卡，額度高，利用價值自然也高。」

金卡啊……我爸的駕照是金卡⑭，好像離題了……

「接著，使用那個卡號，上網拚命買東西。買一些像電腦或名牌等等，容易換成現金的商品。買來之後，立刻轉賣到黑市。譬如說，買一台八萬圓的電腦，轉賣之後能賺多少錢？」

「八萬。」

⑬卡介苗的英文縮寫，也就是肺結核的疫苗。

⑭日本的駕駛人，只要在五年內不觸犯任何交通法規，駕照更新時，證件上記載有效期限的欄位就會改為金色，下面也會補上「優良」的字樣。

「沒錯。答得很好。」這傢伙，打從心底把我當笨蛋……

「重複這些動作，只要坐在電腦前就能迅速致富。」聽完創也的話，我腦中想到的是，原來外面還存在許多我不知道的世界。

但，既然知道這些知識，創也卻沒有鋌而走險，這是為何？

「如果是金融業或詐騙集團，還有更多使用方法。」

「……」

「總之，根據情報使用方法的不同，獲取更大的利益。」創也看著DBC大樓，繼續說：「為了不讓駭客入侵，DBC有許多情報沒有電腦化。DBC大樓前停那麼多台警車，代表……」

聽到這句話，卓也拿出手機，按下快速撥號鍵。

「黑川經理，我是二階堂卓也。現在和創也少爺在DBC大樓旁……是……是……了解。繼續普通級警戒。」

結束通話的卓也，對我們說：「DBC大樓好像被什麼人入侵。聽說大量的資料被盜取。」

「嗯……」創也雙手抱胸，「DBC的電腦回路是獨立的，這大家都知道。所以，無法從電腦回路入侵來竊取資料，只能直接進入大樓竊取。」

可是，怎麼入侵？既然大樓擁有如此重要的情報，一定有相當嚴密的保全系統。我想起DBC大樓外呈直線飛行的蟲。紅外線有熱度，所以蟲才會靠過去。

裝置著紅外線警報系統的大樓。要入侵大樓的話……我思考著，答案只有一個。

DBC BUILDING

卓也正好說出答案：「可能是從警報系統較薄弱的地下室遭到入侵。據說從地鐵的岔線開始，被挖了一條隧道連結到大樓地下。警方現在正調查中。」果然是這個方法！

「我向龍王集團的高層報告，創也少爺目前在DBC大樓的附近。不過高層說照平常普通級警戒即可，不需特別擔心。」聽完卓也的話，我鬆了一口氣。像校慶時那樣，造成大騷動就不好了。

「竊盜集團會不會逃到斑駁屋來……？」堀越不安地問。

本來我想帥帥地回答她：「放心，有我在。」可是……

「請放心。妳父親把玄關門從裡面上鎖了。而且整棟屋子的窗戶都裝有鐵窗，沒那麼容易進來。」創也不帶感情地說。

輪不到我出場……

「而且這裡還有卓也在。一旦闖進來，竊盜集團不會有好下場的。」創也一說完，堀越馬上用懇求的眼光看著卓也。這下我出場的機會徹底消失……

「我們該回去跟大家集合了。」創也催促著。

這時，走廊突然傳來一陣聲響。卓也以迅雷不及掩耳的速度離開窗邊，來到門旁。身體貼著牆壁，只露出臉觀察走廊上的狀況。

「怎麼回事？」我問。

「剛才有聲音，好像有人偷窺……但是外面一個影子也沒有。」卓也說。

「啊！」聽到卓也的話，堀越發出一聲慘叫。我到現在才想起，這間屋子被稱為鬼屋。

我們回到玄關，堀越導播說：「既然大家都集合了，來吃午餐吧。」Y先生開始發杯麵和麵包給所有人。

「堀越導播。」創也開口：「我們回到玄關前，大家都在這裡嗎？」

堀越導播點點頭，說：「大夥兒忙著檢查或組裝機器，沒有人離開玄關。」

然後，創也像是在確認一樣，一一看著工作人員，大家都紛紛點頭。

那，剛才的聲音是……？我看著創也，這種時候應該要害怕，他反而卻一臉開心的笑容……這傢伙，到底在想什麼？接著我望向美晴，她很害怕似地用手遮著臉，但眼神卻很興奮……唉，女生的心情真難懂。

我問創也：「竊盜集團不可能闖進來吧？」

創也面向玄關，檢查過門鎖和地板後，說：「放心，沒有人進來。」

我決定相信創也的話。因為，這樣比較不會害怕……

杯麵和麵包這種奇怪組合的午餐結束後，飲料是裝在保溫瓶裡的茶或即溶咖啡，另外還有礦泉水及罐裝果汁。我手拿一瓶果汁，拉開拉環，連同紙杯一起遞給堀越美晴。

「謝謝。內藤同學，你真體貼。」

沒那回事，我只是想看到妳的笑容罷了。（雖然我不想發現，但我還是好死不死發現創也看到我把拉環放進口袋。）

創也選擇喝咖啡，我沾沾自喜地說：「讓我來教你如何泡出好喝的即溶咖啡。」

說完，我腦中的助理直子小姐，慌慌張張地開始準備，不過這次解說不需要助手，所以我請她繼續待命。

「首先，將三合一即溶咖啡倒進杯子裡。」創也沉默地看著我的動作。

「然後，倒一點點熱水進去攪拌。一點點就好，盡量攪拌！」我右手拿塑膠湯匙，攪拌得比電動果汁機還快速。

「變成糊狀後，再加熱水──完成！」喘一口氣後，我得意地將紙杯遞給創也。

「怎樣？跟平常喝的即溶咖啡比起來，好喝多了吧？」我一邊斜眼看堀越美晴，一邊問創也。

創也喝了一口後，說：「我沒喝過即溶咖啡，無法評價。」

「……」

我用視線餘光觀察堀越美晴，她正用崇拜的眼神看著創也。

我怎麼能輸給他！

我整理一下心情，再度問創也：「但是，這種泡法你不知道吧？」

「我在都筑道夫⑮的小說中讀過。」……三兩下就被看破手腳。我已經不想再去看堀越了。

（反正，她一直以崇拜的眼神看創也……）

我嘆了一口氣，替自己泡杯咖啡，抓了五根棒狀砂糖。

「你要加那麼多砂糖？」創也用不可思議的眼神問。

「哪有。我才不想得糖尿病。」我回答，並且打開一包砂糖倒進咖啡裡，其餘的收進口袋。

「給你一個忠告。之後，搞不好、萬一、幸運的話，嗯，再加上一些巧合——」

「你到底想說什麼？」

「說不定你也會交女朋友。但是，如果你們一起去泡沫紅茶店，記住千萬不要將店內的砂糖放進口袋。」這種事不要在堀越美晴面前說啦！我再度偷瞄堀越，只見她用手遮住嘴巴，開心地笑了。

算了，只要能看到她的笑容，沒關係啦。（可是，砂糖能立即讓血糖上升，如果遇難時就派得上用場啊。）

用餐結束，本以為會立刻錄影，堀越導播伸了個大懶腰。

「好累喔！天色還早，睡個午覺吧。」他說。

啥？吃完午飯還要睡午覺？

工作人員們想了一下，也說：「也對。趁現在讓身體休息一下。」他們也贊成午睡的提議，開始鋪起紙箱或帆布準備午睡，出外景竟然如此輕鬆……

「能休息時盡量休息，也是工作的竅門之一。不然遇到緊急時刻會沒有體力應付。」創也一邊說，一邊也擺出一副想睡覺的模樣。

⑮日本推理作家，一九二九年到二〇〇三年，作品有《殺人狂時代》等。

堀越美晴早就將背包當作枕頭睡翻了。看到他們這樣，我也不禁感到愛睏。

「那我們休息到三點。」堀越導播設定鬧鐘，他的聲音聽起來愈來愈遙遠……

鈴鈴鈴鈴鈴！一陣鬧鈴聲狂響，叫醒我們。

噢，頭好重……我看看左右，大家的眼皮好像都很重，一副沒睡飽的樣子。

「到晚飯之前都要錄影，麥克風準備好！」堀越導播活力十足地說。

「堀越導播和三位少男少女，鼓起勇氣踏進斑駁屋。」

眼角餘光瞥到O先生在念劇本。I先生手拿長棍般的麥克風在我們頭上，這支麥克風是要錄我們的腳步聲。

「的確，它是一根『長棍』，不過正確的名稱叫『懸吊式指向性麥克風⑯』。」創也小聲地說。

真希望他可以停止說一些對我人生毫無幫助的知識。

O先生繼續念旁白：「他們的前方，到底有什麼等待他們的到來……」

走在最前面的是堀越導播，在他後面的則是拿掉眼鏡、改變了髮型的創也。堀越美晴搭著創也的肩，跟在創也身後。我走在最後面，為了表達出害怕的樣子，我必須擺動手電筒，四處亂照。

U先生扛著攝影機在我們前方約五公尺處，所以他會比我們早進去屋子裡頭，這樣好嗎？

「這個節目是『堀越導播探險隊』嗎？」我問。創也沉默地搖頭。

「好，卡！」堀越導播從剛才認真的神情，回復到原來笑咪咪的臉，對我說：「內藤、內藤。等一下你能不能看著那個走廊的角落，對鏡頭做出害怕的表情？」

堀越導播指著陰暗走廊的前端，並拿手電筒照。看不到任何奇怪的東西。

「什麼都沒有啊。」

「沒關係。回到電視台，Q先生會用CG⑰合成製造出神祕的影子。」

Q先生也是二十六個有趣部下的其中之一，負責CG和特效。（因此，他有個綽號叫「超人力霸Q⑱」。另外，對機器很在行的Z先生……離題了，還是別說吧。）

我小聲地問創也：「這真的是紀實節目嗎？」

創也只是曖昧地微笑。

「怕鬼的男生鼓起勇氣保護女生那一幕，什麼時候要錄？」我問堀越導播。

「耶？」

堀越導播露出不可思議的表情，翻了翻「堀越D的鬼屋GO！仔隊」這本冊子。我立刻有股不

⑯指向性麥克風通常用於專業攝影時的收音，長長的外型為其特徵。麥克風指到的小範圍內收音清晰，可盡量壓低四周雜訊，麥克風愈長指向性愈好。時常搭配使用長長的竿子稱為boom，因此也可以叫boom microphone。

⑰Computer Graphic的縮寫，指電腦影像圖像。

⑱在日本，談到CG和特效，大家第一個想到的就是男女主角會變身、打怪、拯救地球的英雄系列電視劇。而這類的超人、戰隊系列，又以ウルトラマン超人力霸王最具代表性，因此Q先生才會有這樣的綽號。

好的預感，轉頭看創也。他把頭撇開，迴避我的眼神。

然後，只見堀越導播闔上冊子說：「內藤，你好像搞錯了。沒有那一幕。」

我瞪著創也，在心中大喊：龍王，你陷害我！

錄影一直持續到晚上九點沒有休息。

跟長時間待在補習班聽課不一樣，這是一段肉體和精神都疲憊的時間。

我漸漸融入自己的角色。如果沒有攝影機和長棍麥克風（創也說那是懸吊式指向性麥克風）這些背景，真的有來鬼屋探險的氣氛。

「哎呀，這麼晚啦！吃晚飯囉！」堀越導播終於肯收工，這時的他就像是天神降臨。

「噢，終於可以吃飯了。」我嘆了一口氣，拍拍創也肩膀，接著說：「沒想到賺錢這麼辛苦。」

「什麼？……喔，對啊。」

創也的反應很奇怪，這樣想起來，從錄影中途開始，他就不太說話，老是ＮＧ。我想，反正創也不是第一次如此怪異，倒不如填飽肚子再來拷問他。換言之，我對創也的認識還太淺太淺了。

晚餐跟午餐一樣，飯後我也是來了杯咖啡。即使我抓一大把棒狀砂糖，創也也沒多說話。他到底在想什麼？當我拿紙杯正要喝時，突然創也抓住我的手。

幹嘛？

播，一副保護女兒的姿勢在睡覺；卓也靠著牆壁睡，雖然睡著，仍舊充滿難以靠近的魄力；U先生懷抱攝影機睡覺；O先生和清醒時一樣，一臉幸福；I先生把耳機當耳塞用；A先生的枕頭邊，攤著許多文件；Y先生靠著紙箱睡。

起床的只有我和創也而已。

「下藥的人是否在這之中？」我問。

創也沒有回答。他拿著手電筒站起來，說：「走吧。」

「走去哪裡？」

「去蒐集資料。」

資料？……嗯，創也在想什麼，我仍舊摸不著頭緒。

我抓著創也的肩膀問：「你是不是知道泡咖啡的熱水和茶被下藥？」

創也點頭，回答：「但沒有百分之百的證據。午睡起來，總覺得眼睛睜不開。不只我，大家都一副起不了床的樣子。所以，我才想搞不好被下了藥。」

好，懂了。下一個問題。

「為什麼你叫我不要喝咖啡？」

「因為我不想只有自己一個人醒著。」

「……」我想開口說些什麼，但吞下去。第三個問題。

「所以，你覺得會有危險的事情發生？」創也點頭。

我強忍住暈眩，繼續問下一個問題：「那你為什麼不叫卓也別喝？卓也只要一個人，就能抵擋任何危險，比十個我還強。」

「……」短暫思考後，創也雙手互拍，「你這麼說對極了。」

我的暈眩現在還加上強烈的頭痛。到目前為止，我好幾次都覺得創也是笨蛋。不過這下我才發現，這傢伙不是笨蛋，是大笨蛋。

創也走近坐在牆角睡覺的卓也。

「卓也、卓也……」創也拍拍卓也的臉頰，但他毫無反應。

「不行，睡得很熟。」創也冷靜地說。然後他拍拍我那顫抖的肩膀，「就算害怕，危險還是會降臨。我們應該鼓起勇氣去正面迎戰。」

如果你細心一點，就不會發生危險啊！——我在心中大喊。

可是，已經發生的事情，現在生氣也沒用。

我問了最後一個問題：「你認為會發生什麼危險的事情？」

創也聳肩，說：「想像的空間很大。但資料還不充足，說不準。」

我想起推理小說中登場的名偵探。故事途中，扮演華生一角的人要求他說明事件的經過，而名偵探傲慢地對華生說：「現在還不是時候。時機一到我自然會說明，請耐心等待。」

現在的創也，就跟這個名偵探一樣。

嗯……創也知道吧？所謂「時機一到」，多是在整起事件已發生，犯人殺了所有人之後，甚至

是犯人也自殺後。

「……卓也老師，不可以在這裡睡覺啦。」聽到聲音，卓也睜開眼睛。幾個托兒所小朋友，圍著鞦韆上的卓也說：「哇——醒了！醒了！」小朋友們發出一陣歡呼，快樂地跳上跳下。

「這裡是……？」卓也看看四周。映入眼簾的是色彩繽紛的遊樂設施，每一個都不大：立體方格鐵架、蹺蹺板、單槓……抬頭往上看，彷彿用紅色蠟筆畫出來的太陽，十分燦爛。接著卓也看看自己的衣服，不是平常的黑西裝，而是棉褲加T恤，外面還罩著一條紅色圍裙。

「卓也老師，怎麼了？」小朋友側頭，看著不安的卓也。

「咦？……喔，嗯……」卓也神色慌張。

這裡好像是托兒所。而且，小朋友口中的「卓也老師」，指的是他自己。想到這裡，卓也恍然大悟。

這只是一場夢。

他知道自己還不是保母，保護精力充沛的國中生才是他的工作。目前，他其實還沒有資格讓小朋友叫他「卓也老師」。

「卓也老師好奇怪喔！」

「老師，快點來玩啦！」其中一個小孩拉卓也的手。

「嗯，好啊。」卓也站起來。

這是夢，我了解。既然是夢，就不用顧慮太多。那我就以保母的身分和小朋友一起開心吧！

卓也牽著小朋友的手，聲音變得高八度：「走，一起玩吧！」

打開玄關門，雨靜靜地下。

「下雨耶。」我說。

創也毫不在意，仍執意往雨中走去。哎呀，少爺，這樣不行啊……

「等我一分鐘。」我要創也留在原地，便轉頭翻找裝滿雜物的紙箱。有了，一個大垃圾袋。我把袋子挖洞，讓頭手可以伸出來。

「……你要我披這個東西？」

我不理會創也的不滿，逕自將垃圾袋從他頭上套了下去。創也這傢伙連圍裙的結都綁不好，如果讓他自己穿，好不容易做的垃圾袋雨衣，很快就破掉。還有腳，我拿小一點的塑膠袋套在創也的鞋子上，腳踝部分用膠帶固定。

「這身打扮我怎麼見人？」頭上捲了條毛巾的創也說。

「比起感冒要好多了。」

我們走在雨中。雨夜，沒有星光，四周完全漆黑，只能依靠手電筒。

「喂，要去哪？」我問，但創也沒有回答。進入房子周圍的樹林，用手電筒照樹枝和樹根。

「……原來如此。」他點點頭說。

「你發現什麼？」我用手電筒照著創也的臉問他。

「斑駁屋的傳言，樹不會長大，還會愈長愈矮的謠言，我之前說過吧？」

我點頭。

「那個傳言是真的。你看。」創也用手電筒照樹根。剛開始我還不了解。但，仔細一看，注意到奇妙的現象。一般來說，樹木的根會露出地表，可是這些樹木的根並沒有長到地表，而是只有樹幹直接從地面長出來。

「你表達得不夠正確。不是樹幹直接長出來，而是樹根埋進土裡。」

「所以，是這片樹林整個沉到地底……？」我開始想像，地底有魔鬼伸出魔爪，把樹往下拉，樹木就這樣漸漸被地面吞噬。哎喲，腳底開始癢了起來……

這時創也伸出手指搖一搖，說：「這麼說也不太對。正確來說，這片樹林被大量的土覆蓋，所以，才讓人覺得地面愈來愈高，而樹木愈長愈矮。」

創也撿起一根樹枝，往地上刺。就像牙籤刺豆腐，樹枝輕易地就插進地面。

「從柔軟度看來，土才剛蓋上去不久。」

接著創也走出鐵欄杆外。離開樹和土的味道，來到柏油路，才想起這裡是都會區。通過住宅區的街道，轉身到大馬路。隔著馬路，正對面就是ＤＢＣ大樓。大樓前拉起禁止進入的黃色封條，大樓燈火通明，停著數台警車，周圍非常熱鬧。

創也用剛才撿的樹枝敲馬路。幹嘛……？還不到需要柺杖的年紀吧？

「已經抓到竊盜集團了嗎？」我喃喃自語。

「還沒喔。」創也清楚地回答。

「你為什麼這麼肯定？」我問，創也沉默地微笑。

喔喔，我知道啦，他應該是想說「時機未到，天機尚不可洩漏」吧。

回到斑駁屋，創也毫不猶豫地穿過玄關，爬上樓梯。我只有跟在後面的份。到了三樓，我們進入小仙女的房間，站在窗邊往下看ＤＢＣ大樓。

「你是不是告訴我，小仙女從這裡看著你？」我點頭。沒錯，到現在我都還記得。一和我眼神交會，她就害羞地躲到窗簾後面。

「有一種可能，」創也面對我，伸出手指說：「小仙女並不是在看你……」他的口氣中完全感受不到任何顧慮或客氣。

「你很沒禮貌耶！不然你說她在看什麼？」

「那個。」創也本來對著我的手指，轉而指向DBC大樓。

「……」我不想承認事實，於是反駁他說：「但是，小仙女看到我，就害羞地躲到窗簾後面了耶。」

「錯，她以為你發現她在看DBC大樓，才慌張地躲起來。」

「……」無可奈何之下，我只好選擇面對事實。

「問題來了。小仙女望著DBC大樓，到底有何目的？」創也以一副老師的口吻，向我提出問題。

我想了一會兒，有了答案：「創也……你該不會認為，小仙女是竊盜集團的一員吧？」

「我認為那個可能性很高。」

創也說完的瞬間，本來開著的門突然關了起來。我和創也走近門邊，試圖轉動門把卻轉不動。我們也試著用肩膀撞門，可惜這扇木門雖然老舊，卻有一定的厚度，連動都不動一下。

「被困住了……」我的自言自語，比黑暗的房間更陰沉。

「如果卓也在，這種門他一踢就破。」房間正中央，我和創也背靠背坐下來。

「唉，這時候如果卓也在就好啦。」我的喃喃自語，讓創也起了反應。

「該不會這些話你準備說來責備我，怪我不該讓卓也睡著囉？」

沒錯！

「頻頻回首過去，無法開拓光明的未來。」創也冷冷地說。

……也不是沒道理啦。

「好，來說說之後行動的計畫。」

創也身體朝向我，酒紅色的鏡框在手電筒照耀下閃閃發亮，表情很認真。出現這個表情的創也，感覺很靠得住。

「首先，內人，你盡量想想脫困的方法。這段時間我來想想為什麼我們會被關，是誰把我們關起來。就這樣。」

……我想了一下。

「問一個問題可以嗎？」我問：「我總覺得這個行動計畫中，最重要的部分還沒完全確定。」

「有嗎？」

有啊！就是最困難的脫困方法，居然叫我「盡量想想」，這算什麼計畫啊?!

我正想抱怨時，創也先開口：「總之，現在能做的努力去做。你奶奶不是說過『童謠便當』嗎？」

現在的情況，奶奶會說「童謠便當」嗎？

這個問題我還沒想完，創也已經完全進入思考模式。這傢伙！不過既然創也已經開始思考，我也只好想辦法脫困。

不過，怎麼做才能從被鎖上的房間逃脫呢？這時，我想起奶奶說過的話。

那是在讀《十三號死刑牢房》⑲這本推理小說時的事情。這本書的內容，是有關死刑犯從十三號單人牢房中逃獄的故事。當時我覺得太好看了，所以推薦奶奶看這本書。

戴著老花眼鏡的奶奶說：「的確了不起。牢房是以關人為目的而設的房間，要從那裡逃出來，非常困難。」

我思索這句話的意思。

牢房是以關人為目的而設的房間。所以，很難逃得出來。我看看左右。這裡不是牢房，換句話說，並非以關人為目的而設的房間。所以……依奶奶的說法，從這個房間逃出去沒那麼困難。

嗯！有精神多了。我走近窗戶。（這時創也坐在地板上，我不小心踢到他的頭了，抱歉。）

窗戶是往上開的那種。我把窗戶開到最大，讓自己有空間足夠能穿過去。但是，窗戶外的鐵窗……我伸手搖搖鐵窗，不動如山。這方法行不通。

這次我走到門邊。（這時，我又不小心踩到創也的腳了，我真的不是故意的！）木門很厚重。從鑰匙孔向外看，只見昏暗的走廊。我掏了掏口袋，發現迴紋針。不過這種鑰匙孔必須使用黃銅製的鑰匙才行，一根迴紋針沒辦法開。

窗戶和門都打不開，更不能在牆上開個洞……我站在門前雙手抱胸。鐵窗，是為了關人才裝；但這扇門並不是，只是一扇普通的門。

我再次詳細檢查。這個房間的門向內開，表示門的合葉在房間裡。

我從口袋中拿出開罐器。合葉有兩個，先拆下面的。把開罐器薄的部分插進釘子的縫隙，一點一點將釘子拔起來。有鐵鎚的話就方便多了，不過那種東西我沒帶在身上。我將鞋子脫掉，手塞到鞋裡，敲打開罐器。五分鐘後，釘子被我拔了起來。接著換拆上面的合葉，這次感覺比較上手，所以很快就拔掉釘子。

將開罐器插進門縫，搖一搖。門框和牆壁稍微留下一些痕跡，不過總算成功將門打開。

「喂，創也。可以出去了。」我對著坐在房間中央的創也說。

「喔，辛苦你了。」創也站起來，快步走出房間。

他應該可以說一句「謝謝你，內人」吧？不然也可以問我「你怎麼辦到的？」或稱讚我說「很厲害嘛！」，難道不

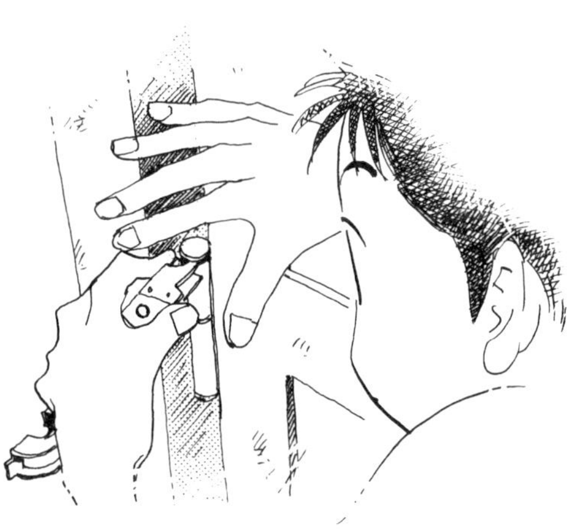

⑲《The Problem of Cell 13》，傑克・福翠爾（Jacques Futrelle，一八七五到一九一二）著。一九〇七年以《思考機器（The Thinking Machine）》為名出版，收錄了七篇故事，均以有「思考機器」之稱的天才教授凡杜森為主角。一九一八年再版時才將書名改為其中一篇故事的標題《十三號死刑牢房》。

行嗎？常懷感謝心，很重要耶！

創也下樓梯，我在他背後問他：「那你想到什麼了沒？」

「請放心。既然你都打開了門，我也已經完成我的工作。」創也連頭也沒回地說。口氣如此傲慢，看來他並沒有說謊。

「根據卓也的消息，竊盜集團從地鐵的岔線挖隧道，入侵DBC大樓——關於這點，內人你有什麼想法？」

問我有什麼想法……老實說，很難回答。老師也時常問這種問題。只是老師和創也唯一的不同點在於，老師會期待我的答案，但創也卻完全不會。

沒等我回答，創也繼續說：「乍看之下，的確有實行的可能，但這方法有個難處。你想想看，挖一條隧道要花不少時間。竊盜集團不可能從地鐵岔線那種顯眼的地方，花時間挖隧道。」

原來如此……

「所以，竊盜集團從不顯眼的地方挖隧道。這條隧道我暫且稱它『Dick』。」

為什麼要叫「Dick」？本來想問，後來放棄了。我可以預料到創也的回答——「別問無聊的問題」。

「Dick完成，接著在Dick中間往地鐵的岔線再挖一條。這條往地鐵岔線的隧道暫且稱為『Halley』⑳。」

為什麼叫「Halley」……？

「竊盜集團透過Dick入侵大樓。犯行結束後，把Dick塞住只留下Halley。警察只看到Halley，當然會認為竊盜集團經由岔線逃跑。」

「那條隧道——嗯，你說Dick從不顯眼的地方挖出來，不顯眼的地方在哪裡？」

這時，創也露出不可置信的表情看我，說：「當然是斑駁屋啊！」

這樣說來，搞不好真是如此。挖隧道要花一段時間，但若從斑駁屋開始挖，再久也不會被發現。然而，創也忽略掉最重要的一點，就是土。挖隧道會產生大量的土，他們怎麼處理？

這時，創也再次聳肩，說：「你忘了剛去樹林的事？」

「……」

「看到樹林那一帶覆蓋了大量的土，我就肯定Dick是由斑駁屋開始挖的。」

我們走到一樓，但不往玄關走去，而是再下一層樓。樓梯盡頭是一扇木門，就是地下室的門。

創也直接握住門把準備開門。

「喂！等一下！」我抓住創也的手小聲地說：「你在幹嘛?!萬一竊盜集團在裡面怎麼辦？」

創也沒有表情，思考我說的話。然後打了自己的手說：「你說得很對。」

我輕聲地嘆息。創也欠缺感應危險的能力，他就像被眼前的蝴蝶吸引住，走到懸崖邊也不自覺的小朋友。最麻煩的是，有條繩子緊緊將我和這個無知的小孩綁在一起……一不注意，我們就會一

⑳電影「第三集中營」裡，被囚禁的人為了脫逃，挖了三條隧道，其中兩條就命名為Dick和Halley。

起跌落懸崖。

我從口袋拿出摺好的紙杯，仔細地恢復原狀，將紙杯抵住門，耳朵靠在紙杯上。裡面沒有任何聲音……用眼神示意創也ＯＫ後，我慢慢地轉開門把。

黑暗的地下室。我們拿著手電筒，照遍地下室的各個角落。

有片大的膠合板掉在地上，房間角落有一座用布覆蓋著的小山。另外還有一些箱型機械。我認得出來的有小型發電機，還有其他更多不知名的機器。其中也有個以長電線與筆記型電腦連結的東西。

「你覺得這個機器是什麼？」創也問，立刻又自己說出答案：「油壓式削岩機。這裡的筆電會自動測定削岩機的油壓數據。」創也啟動筆電。螢幕出現３Ｄ畫面。

「相當棒的軟體。這軟體不只能改變距離的數據，還附有將穿孔探查時的地層判斷結果，以三次元表示出來。」創也看來頗開心。我則是有聽沒懂。

拿手電筒照牆壁和天花板。果然有不規則的蜘蛛網。

我突然想起奶奶說過的話：「蜘蛛只要喝了咖啡，就結不好網。」沒錯，我奶奶是這麼說。所以，這隻蜘蛛喝了咖啡，而且是最近喝的。

「竊盜集團果然躲在斑駁屋……」我說，創也點頭。

「我也想起一位藥理學家的實驗。」創也說根據那個實驗，給予蜘蛛咖啡因的話，蜘蛛會結出不規則的網。接著，他拿起掉在地上的膠合板。

下面是水泥地，不仔細看還看不出來，每邊約兩公尺的正方形部分特別新。手一摸，感覺這塊水泥乾得不完全。

「竊盜集團就是從這裡入侵ＤＢＣ大樓。」創也說。

我接著說：「然後盜取情報，塞住隧道口。」

我們掀開房間角落小山的布，彷彿有整個舊書攤及唱片行搬到這裡來。堆積如山的ＣＤ、大小及老舊程度不一的名冊、連著電線的小型機械箱……

「這些就是偷來的資料。」

「燒成光碟或存在硬碟的資料很便利，不過尚未電腦化的傳統資料，體積很大，不好搬運。」

我和創也將已經了解的事情，一件一件確認。但是，卻沒有想到最重要的事情——現在竊盜集團藏身何處？在做什麼？

「原本想放你們一條生路，才把你們關起來的——兩個傻孩子。」

背後響起的那個聲音，彷彿一把利刃冷冷地抵著我們身體。

我不想安靜等待死亡的到來。

「快出發了，在那之前乖乖閉嘴喔。」女人用食指抵著嘴唇，眨眨眼。轉頭繼續她的工作。

「那個人雖然很美，但說話內容很可怕。」我比剛才更小聲對創也說。

他點頭回應：「跟你說的小仙女，印象完全不同。」

我沒回應他。不過我心裡清楚，小仙女並不是這個女人。我對單戀有絕對的自信和經驗，一見到小仙女我就小鹿亂撞，可是這女人不會讓我心跳加速。呃……現在不是說這些的時候，得快想點辦法逃走才行……

「喂，怎麼辦？」我用最低的音量問創也。

只見他搔著下巴，說：「現在警察如果來就糟了。」

「為什麼？」

「竊盜集團會拿我們當人質，躲在斑駁屋。外景隊也有可能出現死傷者。」

創也一說，我想起在玄關睡覺的外景隊成員，堀越美晴也是其中之一。不管發生什麼事，我都要保護她。

創也繼續說：「話說回來，如果竊盜集團將偷來的資料運走的話，損害更大。」

「既希望竊盜集團逃出去，但他們真的逃跑也很傷腦筋——這麼說對吧？」我確認，創也點頭。

創也知道自己在說什麼嗎？難道只能等死？我十分不安，相反地創也卻很冷靜。

「你為什麼那麼平靜？」我問。

「因為有哆啦A夢在我身邊，任何事情都辦得到。」創也回答。

我嘆口氣。「你說的哆啦A夢在哪？」

創也伸手指著我。我再一次深深嘆息。

「如果我們平安無事逃出去，我就去百圓商店買副黑框大圓眼鏡，讓你扮成大雄。」

好，玩笑開到這裡。我開始思索，現在手邊有什麼東西能當武器呢？我把手伸進口袋亂摸。雖然有橡皮筋，卻非能跟數個穿緊身衣褲大人匹敵的武器；還有拍堀越美晴用的照相機。只要使用閃光燈，即能讓竊盜集團的夜視鏡失去作用，我和創也得以脫逃。可是，這樣還是無法拯救睡著的大夥兒……另外還有棒狀細砂糖、迴紋針、開罐器，和幾個塑膠袋。

環顧四周，竊盜集團正忙著將偷來的東西裝箱。原本放在紙箱裡的物品，散亂一地。衛生紙、膠帶、礦泉水、布、沒用到的殺蟲劑……

該怎麼辦才好？沒有時間讓我繼續想，不快一點的話，竊盜集團就要把我們帶走了！我此刻的心情，就像數學考試時間只剩三分鐘，卻還有一題應用題沒寫。如果是奶奶，這種時候應該也能輕鬆地笑……

想到這裡，奶奶出現在我腦中：「這麼簡單的事情也不懂。老吃泡麵腦袋營養不夠。來，吃點蜂蛹。」奶奶用筷子夾蜂蛹給我。

對了，我以前好像為了找蜂巢，就沿著蜜蜂留下的記號在山中到處走……（避免跟丟蜜蜂，我

眼睛不看別的，只盯著它，結果不是被樹根絆倒，就是掉進山溝——總之弄得滿身傷。）後來找到蜂巢，丟進點燃的煙火，讓蜜蜂不具攻擊性。之後把巢挖出來，取出蜂蛹。奶奶，謝謝妳。想起採蜂蛹，我的腦中充滿營養。

行動計畫已有個大概。沒有時間驗算，這個方法應該可行。

我悄悄對創也說：「你有沒有採過蜂蛹？」

嗯？創也臉上充滿疑惑。看來沒有。所以說明也沒用，又浪費時間。我靠近創也耳邊快速地說：

「我會消失三分鐘。這裡就交給你了！」

這時，創也緊抓我的衣袖不放。

「我不是要自己逃走。」我輕輕撥開創也的手，說：「相信我，賽利諾笛伍斯㉑。」

我舉手對那女人說：「不好意思。我口好渴，可以喝礦泉水嗎？」

「隨便你。」對方答應了。

我站起來，從散亂一地的雜物中，撿起礦泉水。

「創也要喝嗎？」我拿幾瓶礦泉水問創也。

然而這段時間，我用腳悄悄地收集幾罐殺蟲劑。一旦被竊盜集團注意到可不妙，不能讓他們看見地板。一個、兩個、三個……一共集合了十個殺蟲劑。腳一一踩下開關。這種類型的殺蟲劑，按下開關之後大約三十秒會開始產生煙霧。

「啊，水好好喝喔！」為了不讓他們注意到殺蟲劑的味道，我自導自演。

「臨死前的水，你就好好享受吧。」女人說。

我突然覺得水變難喝了。

腦中開始倒數。五、四、三、二、一……

噗咻——！殺蟲劑噴出大量的白煙。我把罐子亂踢，整個地下室遍佈殺蟲劑。

「哇——！」竊盜集團發出驚叫聲。

不到兩秒，地下室充滿煙霧。我打開手電筒，逃了出去。

爬上樓梯往玄關，和地下室的大騷動截然不同，外景隊還在安靜地睡覺。我走近靠在牆角睡覺的卓也，把礦泉水倒在他頭上。

「卓也！卓也！快起來！」

……起不來。大概是作了好夢，卓也嘴角帶著一抹微笑。手中的礦泉水已經倒光，卓也還是沒起來。不能浪費時間，卓也沒起來，那就換下個方法！

「卓也老師，下雨囉！」卓也抬頭往天空看，雨勢相當大。

㉑太宰治的名著《跑吧！美樂斯》中，主角的好朋友。

「哇——！」小朋友們很高興，可是這樣下去會感冒。

卓也雙手圈著嘴巴，對小朋友們說：「快回到遊戲室！大家來做雨傘的家！」

哇！小朋友們揚起一陣歡呼跑回遊戲室。

「卓也老師，你淋濕了。」見到卓也走進遊戲室，小朋友們遞手帕給他。

「謝謝！」卓也手拿畫有卡通人物的手帕，開心地微笑。

我好幸福……邊用手帕擦臉，卓也一邊想。

即使是夢也無妨。希望幸福的時間再多一些。

事情辦好後我才想到得回地下室一趟。一回去，就看到創也站在樓梯前不停咳嗽，惡狠狠地瞪我。

「從今以後，不管你要刮黑板，或是使用噴霧殺蟲劑，希望你事前通知一聲……」創也的眼睛充血，不曉得是因為生氣，還是殺蟲劑的煙……？

「……不過我有遵守約定回來。」

「那時，美樂斯說：『用力打我吧。』」創也握緊拳頭。

「是嗎？」我決定裝傻。這時候要是一亂說話，真的會被揍。

此時，有人抓住我們的後頸。

「這些小子，眼睛一離開他們，就開始作亂。」女人嘆口氣說。

她臉上不只有夜視鏡，還戴著防毒面罩。

「企劃書上寫，這附近有不可思議的國中生，我想那一定是指你們。」

我們那麼有名嗎？

「你配備不錯喔！」我指指防毒面罩說。

女人說：「挖洞的必需品。」說完，她淡淡一笑……大概吧。（戴著面罩看不太清楚。）

一樣戴著面罩的男人們從煙霧中出現，一個接一個搬運紙箱。我和創也被那女人押到玄關。大家依舊安穩地睡覺。

那女人看見渾身濕透的卓也笑說：「國中生的想法真可愛。打算澆水讓他醒來？」

「卓也，起來！」創也喊著，但卓也一點反應也沒有。

「沒用的。那麼容易醒來，還要安眠藥幹嘛？」接著，她看看玄關有感而發地說：「待了一段時間，終於要跟這間斑駁屋說再見。」說完，朝我們微微笑，「你們也好好跟外景隊的成員道別吧。」

這個女人突然變溫柔了。嗯，她說過自己是人道主義者。

我拿出相機，看著堀越美晴。然後問女人：「可以照張我朋友的相片嗎？」

女人點頭說：「可以。不過，想利用閃光弄壞我們的夜視鏡也沒用。」

女人拿掉夜視鏡，露出整齊的五官。我在黑暗中仔細端詳她的臉。得出一個結論：這個人果然不是我所見的小仙女。

我按下快門，紅色的指示燈一閃一閃後，照相完成。捲起底片，這次換卓也，再次按快門。紅色的指示燈二度閃爍。這樣一來，相機內部的聚光器儲存不少電力。而濕透的卓也下方有一攤水……

我讓相機掉到水中，下一步的行動讓我猶豫了一會兒，因為相機裡有堀越美晴的相片……啊啊，好可惜！不過現在不是躊躇的時候……

我用力踩碎相機，相機的主機板浮在水上，隨即「啪！」一聲響起激烈的聲響和火花，還有一股焦味……（好孩子不要學喔！）

咦……？

突然間，卓也站住不動。剛才好像有什麼聲音……

「卓也老師，怎麼了？」一個小朋友拉拉卓也的圍裙。

「沒有，沒什麼事。」卓也對小朋友展開笑顏。

但是……剛才的聲音。每天都會聽見的聲音，是熟悉的龍王創也的聲音。

卓也想起來了！我是龍王集團特殊任務部總務課主任祕書二階堂卓也，並非保母。

「……」

卓也想了一會兒。決定無視這個令人不悅的聲音。現在，多享受一下夢的世界，應該不算罪過吧。

卓也再次朝小朋友露出笑容，說：「現在要玩什麼呢？」
此時，雷劈中卓也。激烈的衝擊貫穿他的身體。
「卓也老師，你沒事吧？」小朋友們走近卓也，眼神充滿擔憂。
卓也嘆了一口氣。
不能讓小朋友看到這種表情。卓也擠出笑容，彎下腰摸摸小朋友的頭。
「對不起。老師還有工作要做。」他起身脫下圍裙，圍裙下是平常的黑色西裝。
「卓也老師……」小朋友一副快哭出來的模樣。
卓也笑著回答：「放心，老師一定會回來，回來大家身邊。」
對，先處理完自己的工作。我的工作，就是保護精力充沛的國中生。很可悲的，這才是現實……
「你們在幹什麼？」女人聽起來相當焦慮，第一次看見她這副模樣。
渾身冒著熱氣的卓也站起來，說：「創也少爺，你還好吧？」卓也第一個問創也。
搬動行李的男人們也走進玄關。卓也環視玄關一週，眼神停在穿著黑色衣褲的集團身上。然後思考了一下，視線回到我和創也身上。
「……破壞我好夢的，是那些傢伙？」
我和創也點頭。

陰暗的房間，仍然可以清楚看見那女人臉上一陣青一陣白。

我以前問過創也：「卓也是怎樣的一個人？」

那時創也回答我：「這個世上有很多厲害的人，無法用常理來衡量。」

那句話的意思，現在我總算明白。

卓也面對竊盜集團，慢慢地往前跨了一步。以前我在書上看過，正義的使者將壞人「過肩摔」的情景，在我眼前真實上演了。

陣陣哀號響遍玄關。

奶奶說過：「千萬不要和冬眠過後的熊眼神交會。」

「卓也這麼生氣，表示他剛剛作了非常美好的夢。」我說，創也點頭。

將近一半的男人被摺倒後，女人大喊：「快撤退——！」

不愧是竊盜集團的首領，很正確的判斷。扛起被摺倒的同伴，竊盜集團逃出玄關。

「不追嗎？」創也問卓也。

「我的工作是保護你，並不是痛毆那些人。」卓也握住創也的肩。

我無法同意這點。怎麼看我都覺得，比起保護創也，剛才卓也更想毆打竊盜集團。

「總之，算是成功將竊盜集團趕出斑駁屋了。」創也跟卓也借手機，說：「雖然可能有點太慢了，不過還是先跟警察聯絡吧。」

「可是……」我看著沉睡中的堀越美晴。「沒有人受傷不就好了。而且竊盜集團也帶不走任何資料——肯定不行。」我說。

聽了我的話，創也只是歪著頭。

第八場　頭腦集團現身

先說說之後發生的事情。

首先，竊盜集團開走的外景巴士，被丟在離斑駁屋數公里的地方。

巴士裡殘留著整箱從ＤＢＣ大樓偷來的個人情報或企業情報。

因為知道途中可能遇到臨檢，他們大概覺得帶著資料就逃不了。

問題是，為什麼竊盜集團要丟棄外景巴士？

關於這點，根據警方的調查得知，因為外景巴士的引擎起火燃燒。

「這麼說來，試膽大學生的車子，當時也無法動彈。」創也喃喃自語：「看來斑駁屋的詛咒果然不假……」

創也手抵著下巴一邊思考，坐他旁邊的我半句話也沒說。

我們倉卒結束剩餘的錄影，離開斑駁屋。

發生大騷動的隔天，堀越導播聯絡我們，於是我和創也前往日本電視台。

因為要去領薪水，我們的腳步不禁輕盈起來。卓也跟著我們到電視台，卻沒有進去。可能覺得遇到保全會很尷尬吧。

我們在迷宮般的電視台裡走著，來到約定的休息室。

「辛苦你們了。現在Q正用CG處理，託你們的福，這次節目內容相當精采。」

堀越導播總是帶著微笑，我們從他手中接過信封，在收據上簽名，交還給堀越導播。

「有機會的話還請你們繼續協助，咖啡我先付錢，你們慢慢喝我先走了。」堀越導播忙碌地站起來。壓低聲音說：「這裡的咖啡，不適合讓你細細品嘗。」嘴上這麼說，堀越導播卻表現出美味的模樣。

「啊，不好意思。我想找Y先生，可以安排我們見面嗎？」

堀越導播露出疑惑的表情。可是，創也說想聽聽Y先生的意見，當作製作遊戲的參考，堀越導播立刻撥手機聯絡。

等待的空檔，我問創也：「當作製作遊戲的參考，是騙人的吧？」

「……」

「你找Y先生到底什麼事？」

「……」

不管問什麼創也就是不回答，若無其事地喝咖啡。無計可施之下，我只好拿餐巾紙摺紙鶴來打發時間。

「嗨！」

Y先生坐在我們面前，大口大口喝服務生端來的水。點了一杯咖啡，拿毛巾擦手和臉，點燃一

根香煙後說：「找我有事？」光看就覺得他很忙碌。

「百忙中還打擾你，不好意思。我有話想請問你。」創也說。

咖啡正好送上來，Y先生捧著杯子：「可以告訴我們頭腦集團的正確名稱嗎？」

聽到這句話，Y先生的手暫停動作。我也驚訝不已。

「為什麼突然說到頭腦集團？」

「因為Y先生是頭腦集團的一員啊。」創也平靜地回答。

我完全不了解。

頭腦集團——所有事情都能訂定企劃案的謎樣集團。從商店街的活化計畫，到老人會的慰問旅行，據說只要拜託他們，任何企劃案都能完成。實際情形不太清楚，連這個集團的正式名稱也不明瞭。

龍王集團為了方便將之稱為「頭腦集團」。創也覺得這名字沒什麼品味，我認為他也好不到哪去。（順帶一提，栗井榮太稱這個謎樣的集團為「作戰屋」。）

創也看著我，溫和地說：「你記不記得竊盜集團的首領說過？企劃書上寫，這附近有不可思議國中生。」

沒錯，她的確有說過。但那是什麼意思？我到現在還是搞不懂。

「那種說法，聽起來企劃書不像是自己寫的。他們負責犯罪行為，而訂定企劃案的另有其人——我是這麼覺得。所以才想，竊盜集團是不是跟你們買企劃案。」創也將眼神移回Y先生身上。

「我們因為命運的惡作劇，不小心和頭腦集團扯上關係。我們的名字是否早已被列入黑名單？」

Y先生沒有回答，只是沉默地將咖啡往嘴裡送。

我對創也說：「好，我懂了。竊盜集團從頭腦集團那裡買來犯罪企劃書，上頭也有寫我們的事情。可是，為什麼Y先生是頭腦集團的成員？」

創也不回答。無視我的存在直盯著Y先生。Y先生將杯子放回桌上。

「他說得沒錯。當時，你們也知道我被安眠藥迷昏吧。為什麼，我是那個……什麼來著？」

「頭腦集團。」

「頭腦集團的成員呢？你好好給我說明一下。嗯？」Y先生看看手錶。「我工作很忙，只能陪你們三分鐘。」

「我知道了。」創也點頭，然後看看左右。不過很明顯地，他看起來非常失望，要揭開謎底，卻沒有觀眾。

「It's showtime……」創也自討沒趣地喃喃自語。

「竊盜集團按照頭腦集團訂定的計畫，從斑駁屋挖條隧道通往DBC大樓。我想廢土的處理及挖掘掩人耳目的隧道，應該全部都寫在企劃書上。」

「這樣好嗎？說得那麼詳細，三分鐘很快就過去囉！」Y先生笑著說。

創也的臉上浮現挑戰式的笑容。

「巖流島㉒決鬥時，你知道宮本武藏為什麼遲到嗎？」

「……」

「是為了讓佐佐木小次郎生氣嗎？錯，武藏在等。他在等待打倒小次郎後，乘船逃逸最佳的海潮時間。」創也完全無視三分鐘的限制。「換句話說，最重要的是逃跑時間。這件事頭腦集團也很清楚。所以，預備了售後服務。」

「什麼售後服務？」我問。

創也說明：「派出Y先生幫助竊盜集團逃跑。」

是嗎？派出Y先生的人，不是堀越導播？

這時創也搖頭，說：「在外景巴士裡，A先生說過，堀越導播只找了四個人，剩下一個是自願參加。」

我回想當時的情況：

・「二十六個有趣的部下」分成Mirror與Anti Mirror小組。

・Mirror小組裡，有四個母小隊成員。

㉒位於日本山口縣下關市海域上的一座無人小島，正式名稱為「船島」。傳說二刀流劍豪宮本武藏就是在此打敗名劍客佐佐木小次郎，因此聲名大噪。「巖流」為小次郎的稱號。

・堀越導播只叫了四個人。

・剩下一位是自願參加。這個人負責節目企劃。

「可是A先生並沒有說自願參加的是Y先生啊。」

創也露出驚訝的神情，接著拍了自己的手一下，說：「對喔，內人光聽是不會了解的。真抱歉。沒有考慮到你的智能程度，我真是大笨蛋。」

「我真是大笨蛋」——他說這句話時，我嚴重覺得他才是把我當笨蛋。

這時，Y先生把手錶拿給我們看。

「三分鐘了。」

「可不可以讓我繼續說？」創也問。

Y先生雙手抱胸，說：「你說的故事還滿精采的。大放送，再給你三分鐘。」

「謝謝。」創也低頭，攤開餐巾紙，手握筆。

「現在開始，為了內人，我特別詳細說明。」

多感人的一句話，但為何我毫無感謝的心情？

創也在餐巾紙上寫下A到Z二十六個英文字母。

「你把這些字分成Mirror和Anti Mirror小組。」

說得很簡單，我根本不知道劃分的方法。

創也嘆了口氣：「你應該有腦細胞吧？試著使用一下如何？」

我用左手拚命壓住想要毆打創也的右手。你剛才不是說，要為我特別說明？

我勉強擠出笑臉，說：「我不知道劃分的方法，分不出來。」

「請你想想小組的名稱。」

名稱……？Mirror，不就是「鏡子」？

「沒錯。這下懂了吧。」

鏡子……鏡子，反射……對稱？我懂了！

「所謂Mirror小組，是當鏡子垂直放置時，字母會對稱的小組。也就是說……」

我指著餐巾紙上的字母。A、H、I、M、O、T、U、V、W、X、Y。這十一個字母，中間垂直放面鏡子的話，左右會對稱。所以A先生、Y先生、I先生、U先生、O先生——這五個人是Mirror小組。

可是，這足以說明Y先生是頭腦集團的成員嗎？

「那五個人中，四個人是母小隊。所以，非母小隊而自願參加錄影的人，就是頭腦集團的成員。」

創也說的我懂。問題是，母小隊是哪四個人？這時，我的腦中浮現母音和子音這兩個名詞。

「該不會，母音就是母小隊的成員？」

「That's right!」創也說。

A、Y、I、O、U當中，只有Y不是母音——所以Y先生是自願參加……

我看著Y先生。他雙手抱胸，直盯桌上的咖啡杯。

「三分鐘已經到了不是？」創也說。

看一眼手錶後，Y先生拿出手機。

「不好意思，我是堀越組的Y。是這樣的，我現在趕不回去……嗯，很抱歉……」

Y先生掛斷手機，兩手抓抓頭髮。

「真糟糕耶……我還滿喜歡這個工作的……」

他的語氣跟剛才不太一樣，感覺從容不迫。跟服務生再點一杯咖啡後，Y先生說：「首先，有個錯誤先訂正一下。我的確跟你們口中的頭腦集團有些關係。但還不是正式成員。充其量只能算跑腿的工讀生。」

「……」

「要報警嗎？」

被Y先生這麼一問，創也搖頭。

「報警也沒用。頭腦集團只負責擬定企劃案。即使擬犯罪計畫，也沒實行。這次派你出來做售後服務，也不能證明你跟竊盜集團有關係。」創也說。

Y先生笑了笑。

「也許有關係，但無法舉證——這就是頭腦集團。」

Y先生點頭。

創也繼續說：「而且，我的用意不是逮捕你，而是還有其他目的。」

「說來聽聽。」

「你們的組織——請告訴我頭腦集團的正式名稱。」

「……」

Y先生喝光杯裡的咖啡，說：「直到最後，我依然不習慣這難喝的咖啡。」

然後，伸個大懶腰。「好吧，我該去找下一個工作了。」Y先生站了起來。

「你不告訴我嗎？」創也追問。

「讓我告訴你一件事。頭腦集團的成員，遍佈各個地方。搞不好是隔壁大叔、交通警察、自閉的大哥哥、打工的歐巴桑……誰是頭腦集團也搞不清楚。」

Y先生說的我了解，之前在學校就是這樣，身邊的人就是頭腦集團。想到這裡，我不禁看了看四周。

「只要稍微洩漏頭腦集團的祕密，我就會有危險。」Y先生背對我們說，「給你們一個忠告，不要再跟頭腦集團扯上關係。」Y先生嚴肅地說。

他並不是要我們害怕，或是威脅，而是打從心底為我們的安危擔心。

「即使不觸犯法律，頭腦集團也能輕鬆解決兩個國中生。」說完，Y先生走出休息室。

「來，這次的薪水在這裡。」

回到城堡，創也讓我看信封。上面寫著「內藤內人先生」、「龍王創也先生」。

「距離目標三百萬圓還差一大截，不過總算踏出第一步，我覺得很好。」創也很開心。

我坐在沙發上看他。

「怎麼了？這很值得拍手耶！」

「噢，抱歉。」我拍手。

創也過來坐在旁邊。

「感覺你好像無精打采，是不是在煩惱什麼事情？」

老實說，我有點煩惱，而且在猶豫要不要告訴創也。

創也沉默，等我開口。

我嘆了一口氣後，問創也：「你還記得去斑駁屋試膽的大學生，車子卡在平交道的事情嗎？」

創也點頭。

「這次外景巴士的引擎也壞掉。關於這點，你有什麼看法？」

「既然是怪談，用『斑駁屋的詛咒』帶過即可。不過，詛咒是心理作用，我不懂跟引擎有何關係。」

創也站起來。在房間裡走來走去，整理思緒。「引擎燒掉的機率，不能完全說是零。可是以現在引擎的品質來說，不可能這麼快燒掉。更何況，大學生們的車子和外景巴士都故障的機率，雖不為零，但接近零。」

我坐在沙發聽創也分析。

「不過引擎卻還是壞了。理論上，與其說是『詛咒』，倒不如說有人動手腳。」這時，創也直盯著我：「該不會，把外景巴士引擎弄壞的人，是你？」

沉默到此為止，我點頭。

「你怎麼辦到的？那時候你不是沒帶任何工具？」

「即使沒有，也能弄壞引擎。」我找找口袋，「用這個就可以了。」我掏出棒狀細砂糖。

「你把砂糖放進油箱……？」創也雙手抱胸。

That's right！創也。

「原來如此。砂糖在油箱中融化，送到引擎，融化的砂糖到汽缸內部會變得濃稠，這就是引擎燒掉的原因。」

「創也，你解開了樹長不高的謎題對吧？當時我就想，大學生的車子拋錨，可能也是竊盜集團幹的好事，然後就想到在油箱裡放砂糖會讓引擎壞掉。殺蟲劑噴出煙霧時，我不只叫醒卓也，還對車子動手腳。」

創也一邊點頭，一邊聽我說話。

然後他問：「那你幹嘛心情不好？」

「因為把外景巴士弄壞了，總覺得好像做壞事。」

創也聳聳肩說：「那也沒辦法啊。外景巴士引擎沒壞的話，資料就全部被帶走。我認為你做了非常精準的判斷和行動。」

嗯，但是……

「而且我在書上讀過，第二次世界大戰歐洲的抗爭活動，也有在敵方的車輛放入異物的例子。你只是做了同樣的事情而已。」

說那麼久遠的故事安慰我，可是……

「超人力霸王為了打倒怪獸而把村子毀掉。難道他也要一直想著村子的事而心情不好嗎？」提那個大英雄的故事也沒用……創也看到我沒精打采，忍不住嘆氣。站起來，拿著兩個信封。

「好吧。那我們這些工資還給堀越導播，當作修車費。」創也回頭對我一笑。

我說：「弄壞引擎的人是我，把我的還回去就好了。」

創也又聳肩：「打工前我不是說過了嗎？這不是個人的錢。是我們的錢。」

「……」

「你還不能接受的話，這次就當作我先借你。」

我這才恢復活力，起身說：「我來泡杯紅茶作為謝禮。」

「你泡的紅茶不好喝，不算謝禮。」我無視創也的抱怨，將水壺放上可攜式瓦斯爐。點火的聲音，聽來也是那麼開心。

尾聲

我的行程被補習班擠爆的結果，這次段考成績稍有進步。笑容終於回到我媽臉上，我也不用再去補習班試聽了。

某天晚上，補習班下課後，突然好想去小仙女住的斑駁屋。雖然繞遠路，我還是騎著腳踏車前往。

來到斜坡，我照舊推車上去。抵達ＤＢＣ大樓前，我緩和一下呼吸。

從那起事件之後，ＤＢＣ大樓便關閉，公司也不曉得搬到哪裡去了。但是，他們一定會在哪個市區重新開始，再度蒐集各種情報。

我往斑駁屋看去，以陰暗的夜空為背景，斑駁屋沐浴在月光之中。我的眼睛在那邊的窗戶發現了小仙女！她一點也沒改變，黑色的長髮，胸口的銀色項鍊。

她也回望著我。

我將她的容顏深深烙印在腦海中……嗯，沒問題，我不會忘了她。我大大地揮舞雙手，想告訴她，我不會忘記她。

這時，她好像也在對我笑。

番外篇Ⅱ

保母之路

晚上。

煮了三杯米，中午還剩下一些炸雞當配菜吃。洗好碗，卓也往公園出發。

保母之路，已經漸漸在他眼前開啟。想到這兒，心情就無法克制地興奮，此時卓也全身散發出「保母的光環」。當然，全世界沒有人能看見這道光環。

月光下，矢吹揮汗進行每天的功課——長跑訓練。

下禮拜是處女賽。為了那一天的到來，他忍受嚴酷的訓練，一心只想得勝。

跑一跑，時而停下腳步做拳擊練打。敏捷精銳的出拳，劃破夜晚冷冽的空氣。

接近公寓旁的兒童公園時，矢吹看見一個全身激烈晃動的男人。凝神一看，男人的動作非常奇怪。有時兩手舉高、有時身體左右扭動、蹲下來……是中國拳嗎？隨著身體的移動，可以看見周圍的空氣形成一股漩渦。

男人移到燈光下。看到那張臉，矢吹打了個寒顫。是住同一棟公寓的二階堂卓也……矢吹立刻掉頭，想趁卓也尚未注意到他時悄悄離開公園。然而，一切都太遲……

「咦？這不是矢吹嗎？這麼晚你在做什麼？」

卓也揮手。這樣一來，想假裝沒看見也不行。矢吹一面注意自己笑容不要僵硬，一面走近卓也。

矢吹不想遇見卓也是有原因的。之前在公園遇到時，卓也強迫他做某種「保母練習」，當時卓也嚴格要求矢吹成為真正的托兒所小朋友。因此對矢吹而言，無論多強勁的拳擊手都比不上卓也來得恐怖。

為了不讓卓也察覺他的心情，矢吹小心翼翼地回答：「下禮拜我就要第一次上場比賽了，現在在做長跑練習。」

「那真是恭喜啦。祝你勝利。」

「二階堂先生，你在做什麼？」

這時，卓也露出驚訝的神情說：「矢吹老弟，拳擊很重要，但對一般社會人士來說，具備基本常識也很要緊啊！」說著說著，卓也重現剛才的怪異動作。

「……你在練習中國拳？」矢吹戒慎恐懼地說。

卓也悲哀地搖搖頭。「嗯，竟然說得出中國拳法，算你有點概念。不過，這是一套運動，集合了對保母來說十分必要的動作。我以為你看一眼就知道。」

怎麼可能知道！——矢吹在心中吶喊。

卓也不理會矢吹的心情繼續說：「牢記這套動作後，一定能通過保母考試，所以我稱之為『保母拳』。」然後，卓也兩手往上揮動，「這是抱著小朋友往上高舉的動作。」接著蹲下來，「這是跟小朋友眼睛相對，聽他說話。」身體旋轉的動作，「然後拉著小朋友的手揮舞。」卓也一一介紹保母拳，臉上充滿笑意。

逮到時機，矢吹說：「那麼我先走一步。」準備再次回到長跑訓練，然而卓也卻擋在他面前。

「啊，請等一下，矢吹。能在這裡遇到也是一種緣分。可以的話，能不能跟我一起練習保母拳。」

保母拳的練習……到底要怎麼練習？該不會又要我扮演托兒所小朋友的角色吧……

「可以說具體一點嗎？要怎麼做才好呢？」矢吹問。

「很簡單。你只要扮演小朋友的角色就行。」

「恕我拒絕。」矢吹立即回答。他不懂自己為何要在夜晚的公園做這些讓自己痛苦的事情。

「喔，那真可惜……」卓也垂下肩膀。

矢吹感覺自己好像說錯了話，連忙解釋：「不是啦，因為我還要準備下個禮拜的比賽。等比賽一結束，再請你讓我當保母拳的練習對象。」

「的確，現在是處女賽的關鍵時刻。」卓也的目光炯炯有神，說：「那我來跟你練拳擊吧！」

「……」

矢吹思索著。他以前曾經吃過卓也的拳頭，那是從沒體驗過的速度和威力。如果不小心挨了一拳，下個禮拜就別想出賽。不，會先送醫急救。

「不用擔心。我不會出拳，你只要照你的意思打就好。」

「……」

矢吹猶豫。自己也大概算是個專業拳擊手，對一個門外漢出拳好嗎？

不理會矢吹的顧慮，卓也爽朗地說：「你可以認真打。不過你恐怕連一拳都打不到。」

「我可是專業的拳擊手喔！」聽了卓也的話，矢吹不服氣地說。

「我的目標是專業的保母。」卓也拿起旁邊長椅上的圍裙，「我要穿上它。」

「那是什麼？」

「圍裙。」卓也穿起來給矢吹看。圍裙上有一隻可愛的小雞。

「為什麼要穿圍裙？」

「保母拳的正式服裝。」卓也開心地穿上圍裙。

「開始吧。」

拳擊練習準備開始。無可奈何下，矢吹擺好姿勢。不過，他並不想認真打。不打算讓拳頭落在卓也身上。

「那我要出拳囉。」矢吹說，卓也帶著笑容，兩手一攤。

「來，跟老師一起玩！」卓也高八度的聲音，讓矢吹嚇一跳。

冷靜，先來個左刺拳。不過矢吹沒打算來真的，拳頭逼近卓也的臉就停了下來。

卓也一動也不動。

又試著往前數公分打，拳頭快擊中的瞬間，卓也兩手有了動作。

「哇，好高、好高！」矢吹的刺拳被卓也撥開。不管打幾拳，都輕易地被躲開。

可惡！矢吹臉上的表情逐漸凝重，毫不考慮地祭出右直拳。可是仍然打不到卓也。兩人距離頗近，右直拳撲了個空。

卓也跑到哪裡？矢吹左右看看。此時，腳邊傳來一個聲音：「怎麼啦？跟老師說。」

卓也原本蹲在地上，下個瞬間就突然站起來。矢吹往後仰避開卓也。長髮在風中飄揚。

矢吹重新擺好姿勢。這次換左右突擊，還使出拳擊步法，企圖將卓也逼到死角。但就像跟空氣練拳擊一樣，怎麼都打不到。

為什麼……

卓也身穿紅色圍裙，飛舞的圍裙藏匿了卓也的身體。矢吹覺得落空的拳頭已有些相當疲憊。可是，比起拳頭，他的精神耗損得更嚴重。他心想，我可是專業的拳擊手耶！對方只是門外漢。可是，為什麼我的拳頭打不到他？

矢吹的腦海浮現海邊的景色。沐浴在陽光下，一邊在沙灘奔跑的情侶，男生在後追逐女生。女生開心地說：「呵呵、呵呵，來追我啊！」

矢吹甩甩頭，彷彿要甩開惡夢一樣。他開始意識到卓也保母拳的厲害。

保母拳——成為保母必備的拳法。一邊逗著身邊的小朋友，一邊使用這套拳法。不只具備速度和步法，這套拳還需要極佳的反射神經，以及猜測對手下一步的智慧。得想像自己是保母，動作才有辦法如此輕巧。這時矢吹覺得，自己恐怕是被許多小朋友包圍，才無法移動。

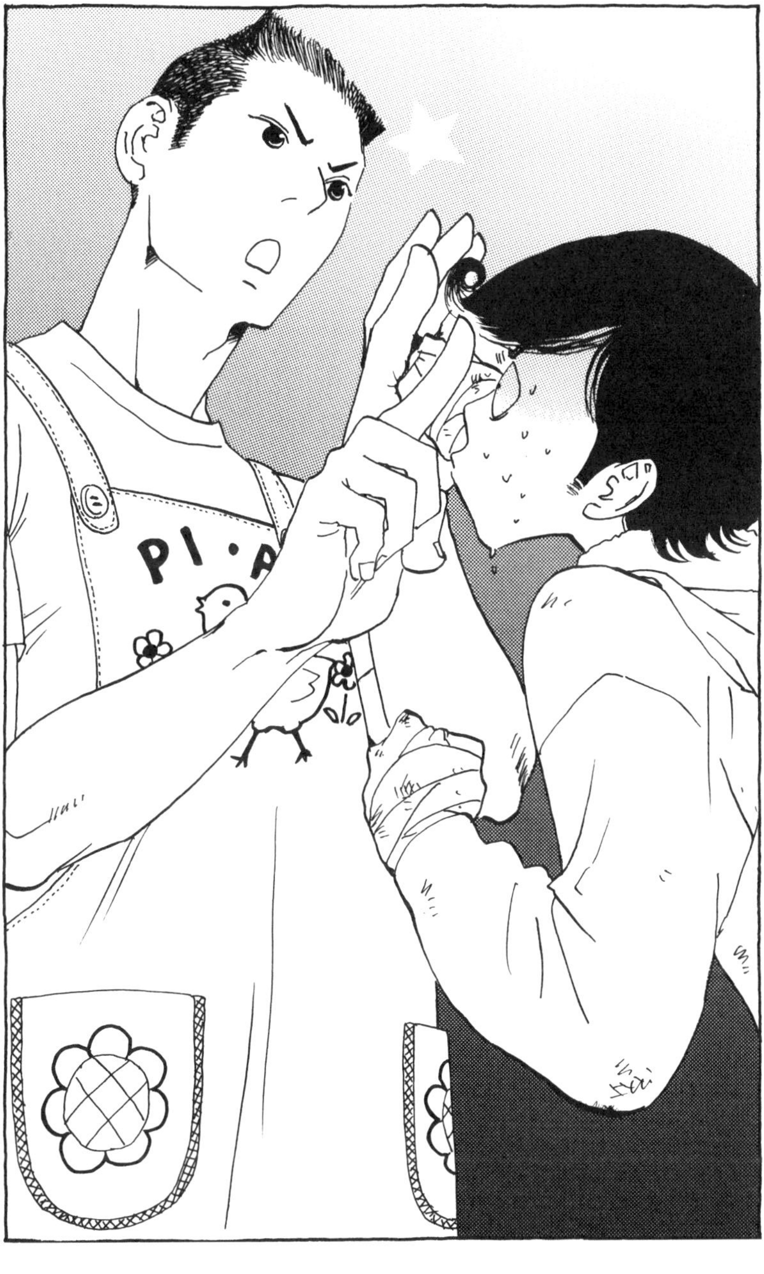

現在，卓也只是躲，並沒有攻擊。萬一他突然出擊……絕對贏不了！心中的恐懼催促著矢吹必須有所行動。於是他集合全身的力量使出右直拳，那一剎那……

卓也抓準時機，伸出左手包住矢吹的右手，右手指頭伸出在矢吹面前。然後，再度用高八度的聲音喊：「矢吹，不可以喔！」這句話讓矢吹氣力全失。無力地癱坐在地。我……輸了……矢吹感到相當不可置信，抬頭看卓也。

噠～啦啦噠～卓也的手機響起，那鈴聲彷彿在安慰矢吹。

卓也若無其事地接起電話：「我是二階堂。」

「呀呼～！」聽到這個聲音，卓也掛斷了電話。

但是，電話馬上又打來。卓也無奈地按下通話鈕。

「怎麼啦，二階堂？怎麼突然掛電話？」

「收訊好像有點差。」卓也勉強擠出這句話。

「是嗎？那再一次，呀呼～！」卓也費盡力氣忍住切斷電話的衝動，深呼吸一口氣，問：

「請問一下，那個『呀呼！』是什麼意思？」

「說『喂』感覺太客氣了。所以，我決定改『呀呼～！』。」

為了不讓自己掛電話，卓也緊咬牙根。

「那我再一次喔，呀呼～！」黑川經理的聲音聽來很愉悅。

「呀呼……」卓也小聲地回答。

「二階堂，這樣不行啦。我說『呀呼～！』，你要回答『嚕嚕嚕』。」黑川經理不滿地說。

聽到這裡，卓也立刻掛掉電話，還努力不讓左手把手機捏碎。

感覺到卓也身上散發出殺氣，公園裡的鳥兒全都飛走。

「發生什麼事？」從地面上站起來的矢吹，擔心地問。

「沒事……惡作劇電話而已。」

「是嗎？但是你……臉色很差。」

「放心，沒事。」卓也露出蒼白的笑容。陷入沉思。不能讓小孩替保母擔心。不管何時，都要給予小朋友安全感。這點小事，一定要做到。卓也放鬆緊繃的身體，深深吸一口氣，緩慢地吐出。

呼……

沉重的鼻息，讓回到樹叢間的鳥兒，再度飛走。卓也緩和情緒後，電話又響起。卓也按下通話鍵。

「二階堂，有工作。」很會察言觀色的黑川經理，已經不說「呀呼～！」了，直接進入正題。

「明天早上十點，到龍王家。」

「今明兩天我休假。」

「很遺憾，你的休假被迫取消了。不過這次是ＴＳＭ。」

ＴＳＭ——Top Secret Mission，最高機密任務。卓也進公司後，第一次接到這樣的任務。

「到底是什麼任務？」

「喂喂！二階堂，別問些蠢問題。ＴＳＭ的內容，不是三言兩語就能說明。」

沒錯。ＴＳＭ是連發令者都很神祕的超機密任務。緊張感充斥卓也全身。

「對不起。我太魯莽。」卓也道歉。

黑川經理則語重心長地說：「看來你了解ＴＳＭ的嚴重性了。」然後，經理的態度有了一百八十度大轉變：「你有沒有高爾夫球具？」

高爾夫球具？卓也歪著頭。「沒有。」

「真糟糕。你趕快去百貨公司買初學者用的球具。龍王集團旗下的百貨公司，都有折扣。」

「……」

「你在聽嗎？」

「我想確認一下，真的是ＴＳＭ嗎？」

「當然！總之明天早上十點，別忘了到龍王家。先這樣，呀呼～！」

卓也聽到「呀呼～」，馬上掛掉電話，全身冒出冷汗。

「二階堂先生，你臉色比剛才更難看……」矢吹聽起來相當擔憂，似乎覺得卓也嚴重到要叫救護車了。

「沒事、沒事！」卓也對著矢吹擠出蒼白的笑容。

「話說回來，二階堂的工作到底是什麼？從剛剛的電話聽來，感覺你好像是祕密情報員……」

祕密情報員？卓也苦笑。電影出現的祕密情報員，不用去買打折的高爾夫球具吧？

ENDING:
終章

卓也將手機放回黑西裝的口袋說：「我是個夢想成為保母的一個平凡上班族。」

「——好啦。」

聽到創也說這句話時，我立刻從躺著的沙發跳起來，往門的方向匍匐前進。在創也發現之前，不趕快逃出城堡的話就慘了……

沿著地板爬行，門就在眼前。伸手想拉門把時，面前出現兩隻腳。

「你要去哪兒啊，內人？」創也問。

我站起來，拍拍身上的灰塵，說：「掉了一百塊，正在找。」

「是嗎？我還以為你是聽到我說話後才想逃，看來是我想太多了。」

我們互搭彼此的肩膀，爽朗地笑開了。

「話說回來，你為什麼要逃？」

不敵創也銳利的目光，我只好坦白說：「我也有一定的學習能力。我知道當你說『好啦』之後，一定不會有好事。」

「那真令人遺憾。對了，你知道我要說什麼嗎？」

「反正不就是遊戲創作資金不足，要做些危險工作之類的話。」我回答。

想不到創也竟搖搖手指頭說：「這個時期股票大漲，資金也湊得差不多了。」

是喔！哎喲！那我就沒必要偷偷摸摸地逃了，我一屁股坐上沙發。

「不好意思，請泡一杯紅茶給我。」我對創也說。

「……」創也雖然想說些什麼，但還是沉默地替我泡了茶。

「對了，你想說什麼？」一邊享受紅茶的香味，我問創也。

他說：「我想既然資金湊齊，我們的遊戲也該著手進行了。可是，在那之前……」

說到這裡，坐我對面的創也，從口袋拿出兩張邀請函，就是朱利爾拿來的東西。

「我想先去跟栗井榮太打個招呼，順便玩玩『終極ＲＰＧ——ＩＮ塀戶』。」

「對喔，我都忘了。」我含了一口紅茶在嘴裡。

創也將杯子放回桌上，說：「雖然不會有生命危險，但仍要有此覺悟。」

「……」含著紅茶我整個人僵住。奮力吞下後，我問：「只是去玩遊戲而已吧？」

創也點頭。

「為什麼要有生命危險的覺悟？」

「對方是栗井榮太。」創也平靜地說：「他們是為了開發出完美的遊戲，做什麼事都無所謂的人。會做出哪些非人的行為，實在無法想像。」

我一面聽一面點頭，總覺得「他們是為了開發出完美的遊戲，做什麼事都無所謂的人」這句話很有說服力。

創也繼續說：「而且『終極ＲＰＧ——ＩＮ塀戶』目前只是測試版，這個版本會出現什麼樣的錯誤呢？」

聽到這裡，冷汗沿著我的臉頰流下。然而，創也與我不同。

「想到這裡我就有股興奮的感覺。」他說。

這時我明白，危險的不是栗井榮太，也不是「終極ＲＰＧ——ＩＮ塀戶」……

而是我眼前帶著微笑的創也。

然後，創也邀請我去他家玩。雖然是單純到朋友家做客，我心裡卻隱隱感到些許不安。這樣的經驗我在小時候也有過好多次，就是當奶奶說：「內人，我帶你到山上吧！」的時候。和奶奶去山上很開心。可是，總覺得奶奶的笑容背後，好像藏著什麼。（實際上也真的發生了不少事……）

「來我家玩吧。」

說這句話時創也的笑容，不禁讓我想起奶奶。希望不要發生任何事才好……

總之，去創也家會發生什麼，只有天知道！

Good bye！

是否保存資料？

↑YES　NO

資料保存完畢

後記

大家好，我是勇嶺薰。

讓各位久等了。為各位送上《都市冒險王④》。

先說說寫稿時的祕辛。

這次《都市冒險王④》原本預定的內容是「妖精美少女的真相」、到創也家玩的「來我家吧」、學校的插曲「南邊第三校舍戰線有異狀」，及兩篇番外章「笑不出來的鋼琴家」和「保母之路」。

我把這個想法告訴電話那頭的小松先生時，他驚訝地問：「勇嶺先生，全部寫起來有幾張？」

「大概五百張左右。」

「……」

已經讀完這一集的人應該清楚，有的篇幅不是放到下一集，要不就人間蒸發了。原來，ＹＡ系列作品寫到三百張稿紙就算多了。而不明白這點的我，往往超過三百五十頁。這次，我被嚴格規定只能寫兩百八十頁。（全部寫完數一數，加上原稿竟然寫了四百五十頁……）想要濃縮一點還頗為困難。因為想寫而寫的原稿，只好全部刪除。

這是題外話，小時候我家有削柴魚片的機器。年輕的讀者恐怕不曉得那是什麼。簡單來說，就

是箱子上有一個移動式刨刀的裝置。一邊刪除原稿，一邊想起晚飯前奶奶叫我削柴魚片的事。

削柴魚片時，要小心不要削到手。跟削柴魚片一樣，刪除原稿時，要注意不能刪到「絕對不能刪除的部分」。（噢，兩件不相干的事串起來了。）

《都市冒險王④激鬪！頭腦集團》是我慎重刪除過後的成品。希望大家會喜歡。

再來致感謝詞。

一直一直給我中肯建議的店長——中村巧先生（熱血的書店老闆），謝謝你。託店長的福，才能毫不猶豫刪除「南邊第三校舍戰線有異狀」。另外，「大脫逃」這個題材，也因為你才順利完成。

兒童圖書第一出版社的小松先生、水町先生和阿部經理，謝謝你們提供許多資料給我。雖然我沒有好好運用，但今後也請你們多多關照。

然後，一直替我的書畫上美麗插圖的西炯子老師，謝謝你。這次還附錄了漫畫，我和讀者都非常高興。（可是，比起本文，西老師的漫畫更有趣，也是一個問題……）

還有，在BBS版上以「TOMU」之名留言的人為首，以及各位讀者，非常感謝大家的支持。若有任何新發現，請記得告訴我。（卓也上司的黑川經理，竟然住在今川寮，我完全沒注意到。）

我的老婆、琢人、彩人，謝謝你們。等原稿完成，我們一起玩吧！——啊，可是我還得先趕下一集的稿子……

下一集，栗井榮太新作——神祕的「終極RPG——IN塀戶」，究竟是怎樣的內容，是否會揭曉呢？內人會去創也家玩嗎？卓也的新命令——TSM指的究竟是什麼？最重要的是，原稿可以堅守規定的張數嗎？

請拭目以待！

那下一集《都市冒險王⑤進攻！終極RPG》再見面囉！

祝大家身體健康。

Good Night, And Have a Nice Dream.

特別收錄：下午茶時間

喂，創也。
我想你應該博學多聞，所以想問你。
在我知識範圍內，可以回答你。
……就是說啊，如果覺得
有點在意一個女生的時候……
我第一句話該跟她說什麼？
你是指某個特定對象嗎？

……我是說「假設」、「假設」啦！
喔。
咕嚕
咕嚕
假設！
知道啦！
……嗯，這樣的話
電影「麥迪遜之橋❶」裡有句這樣的台詞……
心跳
噗通噗通
妳美得令人失神！
哇！
請恕我直言，妳的美麗「讓男人胸口疼痛而不住哀號到處奔走!!」
超閃亮——
……這……
用這個當開場白，對方會嚇到吧？
是嗎？
那這個如何？電影「第六感生死緣❷」。

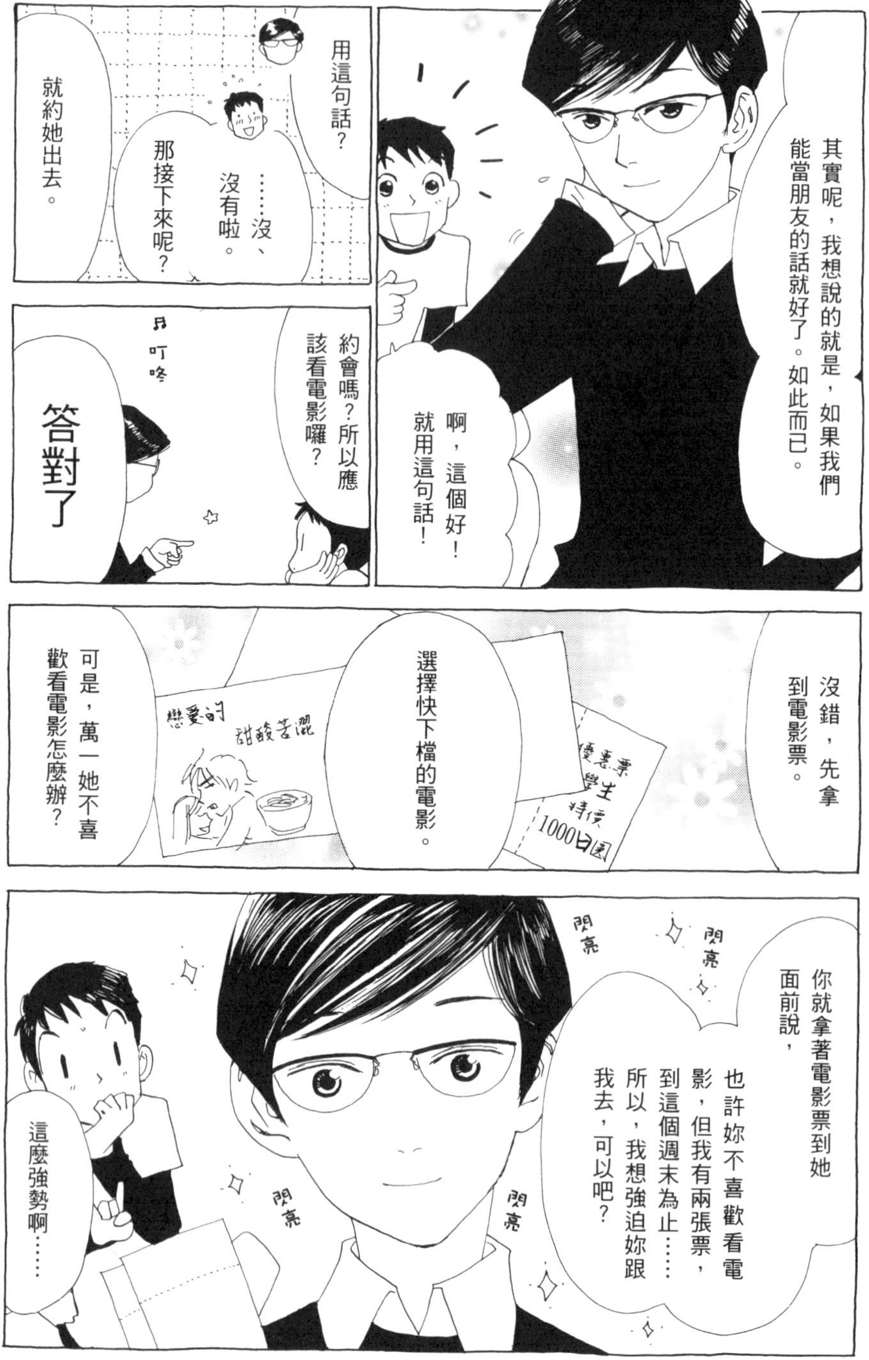
其實呢，我想說的就是，如果我們能當朋友的話就好了。如此而已。
啊，這個好！就用這句話！
用這句話？
……沒、沒有啦。
那接下來呢？
就約她出去。
約會嗎？所以應該看電影囉？
叮咚
答對了
沒錯，先拿到電影票。
優惠票
學生
特價
1000日圓
選擇快下檔的電影。
戀愛的
甜酸苦澀
可是，萬一她不喜歡看電影怎麼辦？
你就拿著電影票到她面前說，
閃亮
閃亮
也許妳不喜歡看電影，但我有兩張票，到這個週末為止……所以，我想強迫妳跟我去，可以吧？
閃亮
閃亮
這麼強勢啊……

套一句電影「天才雷普利❸」中的台詞，
女生有時對強勢的男生沒有抵抗力。
趕快喝，茶要冷了
我、我做得到嗎……？
如果當天她打扮得很漂亮，
別忘了這麼讚美她
妳美得令人失神！
那句話你剛剛說過了。
是嗎？
然後呢？看完電影後要幹嘛？
這嘛…
喂！
你應該也要自己想一下吧？
……那就……
先到商店街……
然後……
現形…

寒風
颼颼
……
冷氣團？
哇——卓也你什麼時候來的?!
少爺，時間很晚了，該回家了
噢，你來得正好。
卓也，如果是你，接下來會怎麼做？
成熟大人的意見。
………
嗯，想得有點久耶
好像是喔……
看完電影的約會嘛……嗯……
…嗯？
我的意見是「一整天都逛書店」。

……不行。
怎麼說呢？我認為什麼樣的人就會看什麼樣的書，只有集結古今中外書籍的書店，才能找到真正的自己。
對喔，他以前就是那樣
我也覺得，這樣就不會有下次約會了吧。
那約會結束之後呢？
送她到車站月台，或是到她家門口。
然後，在關門前保持沉默。
嗯嗯
……重點是，門關上的那一剎那！
嗯?!
……如果能把「我愛妳」這三個字說得更完美就好了……
閃亮
閃亮
帥、
帥呆啦～!!
天啊～!!
驚——嚇
出自電影「潮浪王子」④
噢～～你超強的！
竟然能一個接一個說出這些必殺句，你是不是經驗豐富？
趕快透露一下吧！
嗯？
黃昏時分 鐘聲響起
今天到此結束。
嘎吱
……啥？
各位觀眾，離場時請小心您的步伐，
謝謝觀賞
吱……
砰！
……喂，創也，你把我鎖起來了啦！

漫畫註：

❶「The Bridges of Madison County」，一九九五年改編自同名小說，由柯林伊斯威特與梅莉史翠普主演。描述一名自由攝影師與已婚婦女的淒美婚外情。

❷「Meet Joe Black」，一九九八年改編自一九三四年的舞台劇「Death Takes a Holiday」，布萊德彼特、安東尼霍普金斯主演。描述死神帶走富翁之前，要求富翁帶他體驗凡間。在這段時間，死神竟與富翁的女兒相戀。

❸「The Talented Mr. Repley」，一九九九年，改編自義大利暢銷作家派翠西亞海絲蜜同名小說，麥特戴蒙、葛妮絲派特蘿、裘德洛主演，獲得該年度奧斯卡等多項大獎。平凡的青年雷普利，因羨慕友人奢華的生活，於是開始說謊，一個個的謊言交織成驚悚又浪漫的愛情故事。

❹「The Prince of Tides」，一九九一年改編自同名小說，芭芭拉史翠珊、尼克諾特主演，曾獲奧斯卡獎多項提名。失意的足球教練與心理醫師在治療過程中互相吸引、扶持，因而鼓起勇氣面對自己的過去和未來。

※漫畫中之電影台詞，均引用自《愛的必殺句──看電影學英文》／西森マリー 著／日本時代雜誌出版。

YOUNG AGE小說鮮視界！

YA!

青春滿點！活力滿載！好看滿分！

挑戰不可能的犯罪？
神祕「頭腦集團」恐怖登場！

·全系列熱賣突破550,000本！

·日本亞馬遜書店讀者四顆半星熱烈好評！

都市冒險王③

強襲！炸彈怪客

勇嶺薰◎著　西炯子◎圖

在揭開神祕電玩高手栗井榮太的真面目之後，創也又變回了沉默的電玩宅男，而我則有了「史上最強逃生者」的封號！我天真地以為創也跟我總算能喘口氣，好好規劃期待已久的校慶，不過，為了趕在校慶前完成所有準備工作，我跟創也半夜溜進學校布置教室，而這個錯誤的決定，竟讓我們捲進了「頭腦集團」的炸彈攻擊陰謀之中！

「頭腦集團」是一個謎樣的組織，專門以策劃非法犯罪見長，如今竟然把魔掌伸到了我們學校上！但創也和我當然不會輕易認輸，除了要解除將在校慶當天引爆的定時炸彈外，我們更決心找出混在校慶人潮中的犯罪者——黑猩猩！不料，這場宛如真人版RPG的「尋找炸彈客」遊戲，不但差點摧毀了我們學校，也把我和創也推向了空前危險的邊緣……

有你在，我才死不了呢！

栗井榮太完成了最新作品「終極RPG——IN塀戶」，
這並不是普通的電玩遊戲，而是真人版角色扮演！
創也當然不能眼睜睜看著這個遊戲
榮登「第六大遊戲」的寶座，
於是瞞著保鑣卓也，
和內人一起來到塀戶村破解遊戲。
這次遊戲可不簡單啊！
居然還出現了太空船、
控制重力的藏鏡人「X」……等等，
怎麼會這麼誇張啊？
這真的是遊戲設定的一部份嗎？
現實與幻想混雜在遊戲當中，
事情開始一百八十度大轉變……

【2010年1月出版】

勇嶺薰◎著　西炯子◎圖

都市冒險王 5

進攻！終極RPG

國家圖書館出版品預行編目資料

都市冒險王/勇嶺薰 著;西炯子 圖;李慧珍 譯.
-- 初版. -- 臺北市：皇冠, 2009.08- 面；公分. --
(皇冠叢書;第3881種 YA！；023)
譯自：都会のトム&ソーヤ④
ISBN 978-957-33-2441-6 (第1冊；平裝)
ISBN 978-957-33-2450-8 (第2冊；平裝)
ISBN 978-957-33-2509-3 (第3冊；平裝)
ISBN 978-957-33-2561-1 (第4冊；平裝)

861.57 98011517

皇冠叢書第3881種
YA！023

都市冒險王④
——激鬪！頭腦集團
都会のトム&ソーヤ④

作　　者—勇嶺薰
插　　畫—西炯子
譯　　者—李慧珍
發 行 人—平雲
出版發行—皇冠文化出版有限公司
台北市敦化北路120巷50號
電話◎02-27168888
郵撥帳號◎15261516號
皇冠出版社(香港)有限公司
香港灣仔駱克道93-107號利臨大廈1樓
電話◎2529-1778　傳真◎2527-0904
出版統籌—盧春旭
責任編輯—尹蘊雯
版權負責—莊靜君
外文編輯—蔡君平
美術設計—許惠芳
行銷企劃—周慧真
印　　務—陳碧瑩
校　　對—邱薇靜・黃素芬・尹蘊雯
著作完成日期—2006年
初版一刷日期—2009年8月

法律顧問—王惠光律師

讀者服務傳真專線◎02-27150507
電腦編號◎515023
ISBN◎978-957-33-2561-1
Printed in Taiwan
本書特價◎新台幣199元/港幣67元